KB042215

# 참룡 회귀록

# 참룡 회귀록 11

**초판 1쇄 인쇄일** 2019년 9월 4일 | **초판 1쇄 발행일** 2019년 9월 9일

**지은이** 정한솔 | **펴낸이** 곽동현 | **담당편집 팀장** 이범수
**편집부** 홍현주 정요한

펴낸곳 (주)조은세상 | 출판등록 제 2002-23호
주소  경기도 연천군 미산면 청정로 1355
TEL 편집부  02)587-2966 | FAX  02)587-2922
e-mail bukdu@comics21c.co.kr

정한솔 ⓒ 2018
ISBN 979-11-6432-423-1 | ISBN 979-11-89672-81-2(set) | 값 8,000원

斬龍回歸錄

참룡회귀록

정한솔 신무협 장편소설

NEO ORIENTAL FANTASY STORY

11

북두
(주)초은세상

**정한솔** 신무협 장편소설

NEO ORIENTAL FANTASY STORY

# CONTENTS

참룡
회귀록

斬龍回歸錄

참룡
회귀록

斬龍
回歸
錄

71 章.

장내를 돌아보는 홍소천의 두 눈이 어두웠다.

정무맹 최고수들을 상대로 명진과 철무한이 제법 분전을 하고 있었지만 그뿐이라 여긴 것이다. 두 사람이 한이현과 팽도극을 이겨 내리라 생각하지는 않았다.

그런 생각을 하는 것은 비단 홍소천만이 아니었다.

한이현과 팽도극을 상대로 좀체 밀리지 않는 명진과 철무한의 모습에 다른 이들 역시 제법 놀란 얼굴을 하고 있었지만 우려하는 기색을 보이지는 않았다.

한이현과 팽도극에 대한 믿음이 상당했기 때문이다.

그리고 그것이 전부가 아니었다.

'어떻게 이긴다 해도 이 인원을 다 뚫고 나가기는 무리지.'

보정각을 빼곡히 채운 백룡단원들.

그에 더해 구파일방과 오대세가의 고수들이 모두 함께한 자리다.

명진과 철무한이 빠져나가리라는 기대는 접어야 했다.

홍소천이 다시금 시선을 돌렸다.

몇 개의 벽으로 막혀져 이제는 모습을 보이지 않는 제 제자를 찾는 것이다.

'어떻게든 빠져나갔으면 좋으련만…….'

간절하게 그러기를 원하지만 간혹 들려오는 소음은 그들이 여전히 그 자리에 묶여 있다는 것을 여지없이 알려 주고 있었다.

이 또한 기대를 접어야 할 것 같았다.

홍소천이 한숨을 푹 내쉬었다.

'할 수 없나?'

다른 방법이 떠오르지 않았다.

홍소천이 시선을 들었다.

그리고는 흥미롭다는 얼굴로 장내를 돌아보고 있는 진산을 찾았다.

홍소천의 시선을 느낀 진산이 눈길을 돌렸다.

둘의 눈길이 마주치자 진산의 입꼬리가 미묘하게 추켜올라 갔다.

묘한 패배감을 느낀 홍소천이 어금니를 악물었다.

그러나 그조차 잠시일 뿐이다.

가볍게 고개를 저으며 불필요한 감정을 털어 낸 홍소천이 자리에서 일어섰다.

그리고는 입술을 떼며 목소리를 내려는 순간!

쾅!

"누가 감히 내 제자를 건드리는 것이냐!"

압도적인 공력이 실린 목소리가 장내를 휩쓸고 지나가더니 보정각 전체가 부르르 떨리며 비명을 질러 댔다.

매섭게 살기를 뿜어내며 서로를 노리던 명진과 철무한, 그리고 팽도극과 한이현 역시 무기를 거두고 주춤주춤 물러섰다.

다른 이들 역시 한순간 비틀거리더니 상당히 놀란 얼굴을 했다.

"뭐, 뭐?"

"이, 이게 무슨……!"

그보다 반응이 빠른 홍소천이 매섭게 눈매를 좁히며 시선을 틀었다.

그와 동시에 휙 하며 검은 그림자가 스쳐 지나갔다.

진산임을 어렵지 않게 알아본 홍소천이 냉큼 몸을 날렸다.

"매, 맹주! 같이 갑시다!"

"쿠, 쿨럭!"

제갈공이 왈칵 피를 쏟았다.

제갈공만 그런 것이 아니었다.

언태극과 이청강 역시 왈칵 피를 쏟으며 무릎을 꿇었다.

그나마 상태가 나았던 공손도가 떨리는 눈으로 눈앞의 괴인을 쳐다봤다.

"누, 누구……."

그러나 그 해답은 제갈연에게서 들을 수 있었다.

"사부님!"

"하, 할아버지!"

"단 씨 할아버지!"

제갈연을 필두로 소무결, 천영영 등이 반색을 하며 몰려들었다.

그제야 시선을 돌린 단정순이 오로지 제갈연만 두 눈에 담으며 쯧 하고 혀를 찼다.

"한심한…… 고작 이 정도도 대응하지 못하면 어쩌자는 것이냐? 그게 일양공의 전승자가 보일만한 모습이더냐?"

"어? 그, 그게……."

주위를 돌아보지 않고 자신을 못마땅하다는 눈으로 쳐다보는 단정순의 눈길에 제갈연이 당황한 모습을 보였다.

소무결이 얼굴을 찡그렸다.

"할아버지는 우리는 보이지도 않나 봐? 그리고 지금

이럴 때가 아니고 일단……."

"왜? 저런 떨거지들 때문에?"

단정순이 픽 웃음을 보였다. 소무결이 당황한 얼굴을 했다.

소무결이 급하게 단정순의 입을 틀어막으려 했지만 공손도가 먼저였다.

공손도가 입가를 따라 가늘게 흘러내리는 핏줄기를 슥 닦아 내며 으르렁거렸다.

"어디의 고인인지는 모르겠습니다만, 말이 심하십니다."

그 순간 단정순이 시선을 돌렸다.

칠흑 같은 어둠을 품은 눈동자에 묵직한 위압감이 담겼다.

단순한 느낌만이 아니었다.

공손도의 허리가 단숨에 꺾였다.

"컥!"

한 사발이나 되는 핏물을 왈칵 쏟아 냈다.

컥컥거리며 여전히 핏물을 게워 내는 공손도.

그러나 누구 하나 다가설 엄두를 내지 못했다.

단정순의 압도적인 존재감에 짓눌려 숨소리조차 제대로 내지 못한 탓이다.

그 순간 순백의 선이 휙 그어지며 단정순의 위압감으로부터 공손도를 보호했다.

공손도의 앞을 막아선 백운설이 새된 목소리를 냈다.

"그, 그만! 그만해요!"

단정순이 미간을 좁혔다.

백운설을 짓누를 생각은 없었는지 풀어냈던 내력을 거두어들였다.

그러나 단정순은 의아하다는 눈으로 백운설을 쳐다봤다.

"네가 왜 거기에 있느냐?"

"어? 그, 그게……."

단정순의 시선을 마주한 백운설이 당황한 얼굴을 했다.

그 때 운현이 나서며 한마디 했다.

"입장이 다른 거죠."

짧은 한마디에 불과했지만 단정순은 단번에 상황을 파악할 수 있었다.

단정순이 저도 모르게 미간을 좁혔다.

그리고는 백운설을 쳐다보며 한숨을 내쉬듯 말했다.

"팽가 할멈이 영 잘못했군."

단정순이 고개를 절레절레 저었다.

단순한 몸짓에도 백운설이 울상을 했다.

금세라도 눈물이 뚝뚝 떨어질 듯만 했다. 무언가 하소연이라도 하고 싶어 하는 얼굴이었다.

그러나 단정순은 냉정하게 고개를 돌려 버렸다.

원래 맺고 끊음이 분명한 성격이기도 했지만 애초에 백

운설은 팽연옥이 끼고돌아 정이 많이 쌓이지 않은 탓이기도 했다.

그 때 간신히 내상을 가라앉힌 제갈공이 한 걸음 나서며 목소리를 냈다.

"뉘신지는 모르겠지만 제 딸아이를 돌려주시지요."

"딸?"

단정순이 제갈연을 쳐다봤다.

제갈연이 입술을 꼭 깨물었다.

운현이 나서며 재차 부연하려 했지만 단정순은 손을 휘적휘적 저었다.

"되었다. 피를 나누었다고 해도 남보다도 못할 수도 있는 법이지."

"그 무슨…… 헙!"

발끈하려던 제갈공이 단정순의 싸늘한 눈동자를 마주하게 단번에 입을 다물었다.

단정순이 제갈공을 노려보며 으르렁거렸다.

"연아의 아비라니 살려는 두겠다만, 한마디만 더 지껄이면 사지를 꺾어 놓겠다."

제갈공이 단번에 얼어붙으며 저도 모르게 식은땀을 주르륵 흘렸다.

그러나 제갈공은 제갈연이 그랬던 것처럼 입술을 깨물었다.

15

이대로 물러서면 체면이 서지 않는 탓이다.

붉은 입술이 툭 터지며 핏물이 주르륵 흘러내렸다.

그제야 정신이 번쩍 든 제갈공이 재차 목소리를 높이려는 순간.

"웬 놈이냐!"

강대한 내력을 담은 목소리가 쩌렁쩌렁 울려 퍼졌다.

그와 동시에 진산이 뚝 떨어져 내리듯 탁 소리를 내며 청석 바닥을 밟았다.

단정순이 호기심이 담긴 눈으로 진산을 쳐다봤다.

단정순과 시선을 마주친 진산이 재차 고함을 지르려는 순간.

어디선가 늙수그레한 목소리가 날아들며 진산의 입을 다물게 했다.

"아가리 다물어. 다 쓰러져 가는 노친네한테 소리를 지르고 싶어?"

"큽!"

무언가 날카로운 것이 가슴을 찌르는 느낌에 진산이 저도 모르게 급하게 숨을 들이켰다.

그러나 이내 호흡을 정리하고는 목소리의 주인공을 찾으려 고개를 휘휘 돌렸다.

그 때, 단정순의 옆으로 주원종이 뚝 떨어져 내리며 모습을 드러냈다.

주원종이 단정순을 쳐다보며 끌끌 혀를 찼다.

"하는 짓 하고는…… 그 몸을 하고서 그러고 싶어?"

주원종을 알아본 소무결 등이 단정순을 봤을 때보다 더 반가운 기색을 했다.

"하, 할배!"

"할배가 어떻게!"

"할아버지!"

그러나 주원종은 휙 손을 내저어 소무결 등을 밀어냈다.

주원종이 못마땅하다는 얼굴로 소무결 등을 돌아봤다.

"네놈들도 똑같다. 가르친 게 얼만데 고작 이 정도로 헤매고 있는 게냐? 다 죽어 가는 노친네가 자리에서 벌떡 일어나야 할 정도로……."

주원종의 말에 소무결이 얼굴을 찡그렸다.

"다 죽어 가긴 누가? 아직 백년은 더 살겠구만."

"이눔 시키가! 요건 어째 변한 게 없는 것이냐? 철 좀 들어라, 이 녀석아."

주원종의 호통에 소무결이 입술을 삐죽거리며 물러섰다.

그제야 주위를 돌아볼 여유가 생긴 주원종이 사방을 휙 둘러봤다.

주원종이 미간을 좁히며 소무결을 쳐다봤다.

"그런데 이게 대체 어떻게 된 일이냐? 너희들 정무맹 소속이라면서? 또 무슨 사고라도 친 것이냐?"

"사고는 무슨. 이게 사고 조금 친다고 될 일로 보여?"

"그렇긴 하지. 이렇게 빼곡히 들어차서 네놈들을 잡으려고 하는 걸 보면 어디 정무맹주 목이라도 딴 것이냐?"

"아니라니까! 무슨 말도 안 되는 소리를! 그럴 실력도 안 된다고!"

"이, 이놈이 왜 소리를 질러! 여기 귀 먹은 사람 있어!"

"할배가 말도 안 되는 소리를 하니까 그렇지! 우리가 미친 것도 아니고 맹주님 목을 왜 따?"

"그럼 뭐냐? 이놈들이 왜 이러고 있어?"

주원종이 의문이 가득한 얼굴로 소무결을 재촉했다.

그러나 소무결의 설명이 더는 필요하지 않았다.

보정각에서 두 개의 그림자가 획 튀어나오더니 주원종의 앞에 나란히 섰기 때문이다.

명진과 철무한을 알아본 주원종이 눈을 동그랗게 떴다.

"네 녀석들은…… 아니 그보다 네 녀석이 왜 여기 있는 것이냐?"

주원종이 철무한을 쳐다보며 눈을 깜빡거렸다.

철무한이 어색하게 웃으며 뺨을 긁적였다.

"그게 어쩌다 보니까……."

"이 썩을 놈아! 그게 어쩌다 보니까로 설명될 일이냐? 왜 이런 사단이 벌어졌나 했더니 네놈 때문이었구나?"

단번에 상황을 파악한 주원종이 철무한을 향해 눈을

부라렸다.

철무한이 여전히 어색한 웃음을 흘리며 주원종의 눈길을 슬며시 피했다.

그 때, 명진이 앞으로 나서며 양손을 모았다.

"두 분 어르신을 뵙습니다."

몇 해 전과 달라진 것이 없는 모습이었다.

주원종이 못마땅하다는 얼굴로 쯧 하고 혀를 찼다.

"고놈 생겨 먹은 것 하고는…… 이놈이나 저놈이나 어째 하나도 변하지 않은 것이냐?"

그 때 소무결이 명진의 옆으로 다가서며 옆구리를 콕콕 찔렀다.

"어떻게 빠져나온 거야? 팽 가주하고 한 대주는?"

그러나 이번에도 대답은 필요 없었다.

보정각에서 두 개의 그림자가 불쑥 튀어나오며 진산의 옆에 나란히 내려섰기 때문이다.

조금은 흐트러진 모습의 한이현과 팽도극을 힐끔 쳐다본 주원종이 명진과 철무한을 번갈아 쳐다봤다.

"네놈들이 저렇게 만든 것이냐?"

주원종의 질문에 명진은 대답이 없었고 철무한은 여전히 어설픈 미소만을 머금고 있었다.

그러나 대답을 바란 질문이 아니었다.

주원종이 소무결 등을 돌아보며 얼굴을 찌푸렸다.

"한심한 놈들. 얼마 배우지도 않은 저 녀석들은 벌써 훨훨 날아갈 준비를 하는데, 네 녀석들은 대체 뭐냐? 내가 그렇게 붙잡고 가르쳤는데."

소무결은 하고 싶은 말이 많았다.

그러나 지금은 때가 아니었다.

진산이 내력을 잔뜩 끌어올린 듯 사방으로 기파를 흩뿌리며 앞으로 나섰기 때문이다.

"뉘신지는 모르겠습니다만, 이쯤에서 물러서시지요. 더이상 정무맹의 행사를 방해한다면 더는 참지 않을 것입니다."

진산의 으름장에도 주원종은 픽 웃음을 흘릴 뿐이었다.

"안 참으면?"

진산이 얼굴을 와락 구겼다.

"지금 정무맹을 능멸하는 것입니까? 참는 것에도 한도가 있습니다!"

그러나 주원종은 심드렁한 얼굴로 귀를 후비적거릴 뿐이었다.

"그러니까 참지 말아 보라고. 내가 궁금해서 그러니까."

주원종의 안하무인격 태도에 진산이 빠드득 이를 갈았다.

"굳이 벌주를 마시겠다면……."

그러나 진산은 이번에도 몸을 날리지 못했다.

이전처럼 가슴을 날카로운 무언가로 후벼 파는 느낌은 없었지만 전과 같은 늙수그레한 목소리가 날아들며 진산의 움직임을 방해한 것은 마찬가지였기 때문이다.

"그 벌주, 자네가 마셔야 할 것 같군."

그와 동시에 거무튀튀한 그림자가 휙 날아들더니 주원종의 옆에 뚝 떨어지며 모습을 드러냈다.

진산이 가늘게 눈을 떴다.

"누구……."

그리고 그 대답은 당화기가 대신했다.

"아버님!"


"독왕!"

누군가의 외침이 들려온 직후, 단숨에 어수선한 분위기가 만들어졌다.

눈앞에 벌어진 사실에 당황한 것은 홍소천 역시 마찬가지였는지 그는 당황한 얼굴로 입을 쩍 벌렸다.

그러나 그 누구보다 크게 놀란 것은 진산이었다.

진산의 넋이 나간 눈동자를 마주한 당명은 쯧 하고 혀를 차더니 한순간 어딘가를 향해 고개를 돌려 버렸다.

그 순간 검은 인영이 툭 떨어져 내리더니 청석 바닥을 밟으며 모습을 드러냈다.

"아, 아버님!"

당화문이 땀을 뻘뻘 흘리며 거친 숨결을 토해 냈다.

당명이 이번에도 쯧 하고 혀를 찼다.

"그거 달렸다고 헉헉거리는 꼬락서니하고는. 평소에 무공 수련은 하는 것이냐?"

"그, 그게 아니고……."

"변명은 되었다, 이놈아. 가주씩이나 되어서 그게 뭐냐? 한심해서 원……."

당명의 타박에 당화문이 끙 하고 앓는 소리를 낼 뿐 대꾸를 하지 못했다.

그 모습을 물끄러미 쳐다보고 있던 주원종이 픽 웃음을 흘렸다.

"거, 적당히 해. 자네랑 판박이구만 뭘."

"이, 이놈이 무슨 헛소리를!"

"왜? 아냐? 자네도 조금 뛰면 힘들다고……."

"시끄럽다, 이놈아! 쓸데없는 소리 말고 얼른 애들 데리고 나가기나 하자."

"어? 그렇지. 이것들은 집에 보내 놨더니 하는 짓들하고는."

주원종이 소무결 등을 휘휘 둘러봤다.

그사이 당명이 당화기를 찾았다.

"네놈은 거기서 무엇 하고 있는 것이냐! 네 조카를 이대로 내버려 둘 작정이었던 게냐!"

"어? 그, 그게……."

"시끄럽다, 이놈아! 당장 이리 오지 못하겠느냐!"

당명이 버럭 소리를 지르자 당화기가 냉큼 제 아비의 앞으로 달려왔다.

바짝 얼어 있는 제 아들을 쳐다보던 당명이 쯧쯧 혀를 차는데, 그때 주원종이 휘휘 시선을 돌려 주위를 살폈다.

"그런데 운설이는? 어? 저기 있네. 넌 거기서 무엇 하는 것이냐? 당장 이리 오지 않고."

사정을 모르는 주원종이 백운설을 향해 손짓을 했다.

그러나 백운설은 주춤거리며 함부로 다가서지 못하는 모습이었다.

주원종이 미간을 좁혔다.

"무엇 하는 게야? 당장 이리 오지 않……."

그 때 소무결이 주원종의 옷깃을 잡아당겨 주원종의 입을 틀어막았다.

주원종이 의문이 담긴 얼굴로 소무결을 쳐다봤다.

소무결이 쩝 하고 입맛을 다셨다.

"할배, 쟤가 우리랑 입장이 좀 달라서……."

"입장이 달라? 뭐가 어떻게 다른데?"

소무결의 말뜻을 알아듣지 못한 주원종이 눈만 깜빡거렸다.

당명이 백운설을 쳐다보며 미간을 좁히더니 주원종을 툭 쳤다.

"되었다. 애들이나 챙겨서 가자."

"응? 운설이는? 운설이도 데려가야……."

"되었다니까. 화산에서 알아서 하겠지. 우리가 신경 쓸
바가 아니야."

그리고는 소무결과 당소문의 등을 툭 치며 걸음을 옮기
려 했다.

그 순간 제갈공이 앞으로 나서며 당명의 길을 막아섰다.

"제 딸아이는 두고 가십시오."

"응? 딸?"

당명이 제갈연을 힐끔 돌아봤다.

얼굴이 하얗게 질려 있는 것으로 모자라 눈동자가 사정
없이 요동치고 있는 제갈연.

단정순이 눈썹을 꿈틀거리며 한 걸음 나서려 할 때, 당명
이 손을 들어 그를 제지했다.

당명이 다시 제갈공을 돌아보며 얼굴을 찌푸렸다.

"네놈은 어렸을 때나 지금이나 변한 것이 없구나. 그 독
한 성정을 다스리지 못하면 화가 될 것이라고 내 누누이 말
했거늘."

"가문의 일입니다. 어르신께서 나서실 일이 아닙니다."

제갈공이 한 걸음도 물러서지 않았다.

한동안 못마땅하다는 얼굴로 제갈공을 쳐다보던 당명이
이내 고개를 젓고 말았다.

"마지막으로 충고하마. 물러서는 것이 좋을 것이다."

"그럴 수는 없습니다."

"제갈세가가 지워진대도?"

"무, 무슨!"

당명이 대수롭지 않다는 투로 툭 던진 말에 제갈공의 두 눈이 찢어져라 부릅떠졌다.

당황한 기색으로 딱딱하게 굳어 버린 제갈공을 힐끔 쳐다본 언태극이 그를 대신해 한 걸음 앞으로 나섰다.

"아무리 어르신이라 해도 그럴 수는 없습니다. 누가 감히 제갈세가를 건드린단 말입니까? 정무맹이 가만히 있지 않을 것입니다."

제갈공을 대신하는 언태극을 빤히 쳐다보던 당명이 불쑥 한마디를 던졌다.

"그런데 넌 누구냐?"

"예, 예?"

언태극이 제갈공과는 다른 의미로 당황한 기색을 보였다.

연신 고개를 갸웃거리는 당명을 향해 당화문이 조심스럽게 말했다.

"언가의 가주입니다."

"언가의 가주?"

"예. 언태극이라고……."

그러나 당명은 여전히 모르겠다는 얼굴을 했다.

언태극이 이를 악물다가 곧 고개를 저으며 다시 목소리를 냈다.

"어찌 되었든 아무리 어르신이라도 그럴 수는 없습니다."

언태극의 대꾸에 당명이 픽 웃음을 보였다.

"내가 그러겠다고 누가 그러더냐?"

"예? 방금……."

"그러니까 누가? 내가? 아서라, 이놈아. 옛정이 있어서 그럴 생각도 없을뿐더러 이제는 그럴 힘도 없으니까."

"그, 그럼 누가……."

"몰라서 묻느냐? 여기 이놈 있잖느냐? 연아라면 사족을 못 쓰는 이 늙은이 말이다."

당명의 턱짓에 단정순이 못마땅하다는 얼굴을 했다.

그러나 당명은 단정순을 쳐다보지도 않고 다시금 말을 이어 갔다.

"그러니까 비키거라. 이 늙은이가 저 나이가 되어서도 여전히 성질이 더러워서 참는 법을 모르니까 말이다."

당명의 말이 끝나는 것과 동시에 단정순이 다시금 존재감을 드러내기 시작하자 언태극은 심장이 철렁하는 느낌이었다.

그런 언태극을 대신한 것은 한이현을 대동한 진산이었다.

진산이 당명을 똑바로 쳐다보며 말했다.

"아무리 독왕 어르신이라도 정무맹을 이리 흔들어 놓을 수는 없는 법이옵니다."

당명이 한숨을 푹 내쉬었다.

"계속 같은 말을 하게 하는군. 맹주, 그냥 물러설 수는 없겠는가?"

안면이 있기에 편하게 말을 하는 당명이었다.

그러나 딱딱한 얼굴의 진산은 조금은 차갑게 느껴지는 말투로 대꾸했다.

"그럴 수는 없습니다."

당명이 진산의 냉정한 얼굴을 쳐다보며 난감한 얼굴을 하고 있을 때, 주원종이 당명의 어깨를 툭 쳤다.

"딱 봐도 말이 안 통하는 놈이구만 뭘 그렇게 길게 붙잡고 있어? 그냥 가면 될 일이지."

"이놈아, 그럼 이 아이들은 어쩌고? 네놈 성질머리대로 했다가는 이 아이들이 돌아올 곳이 없어질 텐데."

"돌아올 곳은 무슨. 상황이 이 모양인데 이 아이들이 설 곳이나 있겠어? 차라리 우리가 평생 끼고 사는 게 낫지."

"그 답답한 곳에 이 아이들을 가둬 두자고? 우리야 살날이 얼마 남지 않았으니 그러려니 하지만, 이 아이들은 앞날이 창창한데 어찌 그럴 수 있단 말인가?"

"정 안 되면 무한이 저놈에게 맡기지 뭐. 무한이 네가 말

해 보거라. 이 정도는 감당할 수 있겠지?'

자신을 빤히 쳐다보는 주원종의 시선에 철무한이 얼떨결에 고개를 끄덕였다.

"이 정도야 뭐…… 우리 아버지가 속이 좁은 사람도 아니고요."

졸지에 속 좁은 사람이 된 진산이 와락 얼굴을 구겼다.

"네놈이 지금 네 처지를……!"

그러나 진산은 말을 끝까지 잇지 못했다.

그 순간 주원종이 큰 동작으로 진각을 밟았기 때문이다.

쾅!

주원종을 중심으로 마치 지진이라도 일어난 듯 청석이 와르르 부서지더니 땅이 요동치며 퍼져 나갔다.

그들을 둘러싸고 있던 이들이 일제히 흔들리며 동요하는 가운데 가장 먼저 중심을 잡은 진산이 믿을 수 없다는 눈으로 주원종을 쳐다봤다.

"이, 이게 대체……."

"아가리 닫아. 진짜 찢어 버리기 전에."

살기로 번들거리는 눈동자.

기파가 퍼져 나가며 올올이 곤두선 주원종의 백발에 여태껏 지켜만 보고 있던 홍소천이 그제야 입을 쩍 벌리며 소리쳤다.

"귀, 권마!"

그리고 그 외침은 당명의 등장보다 더한 충격을 가져왔다.

주위를 가득 메운 이들이 당황한 눈으로 주원종을 쳐다봤다.

그러나 주원종은 그들의 시선에 눈길도 주지 않고 버럭 소리를 질렀다.

"이 거지새끼가! 권공이라고 이 자식아!"

그리고는 소무결을 쳐다보며 대뜸 윽박질렀다.

"저 거지새끼 네놈 사부 맞지? 하는 짓이 똑같아 가지고는…… 말 안 해도 알겠다, 이 녀석아!"

주원종이 눈을 흘기자 소무결이 억울하다는 얼굴을 했다.

그러나 상황이 상황인지라 차마 대꾸하지는 못했다.

"하여간 사부나 제자 놈이나 못 배워 먹어 가지고는……."

주원종이 혀를 끌끌 차며 손을 탁탁 털었다.

볼일이 끝났다는 의미였다.

더는 자신들을 막아설 이가 없다는 것을 확인한 주원종이 일행을 재촉하려 고개를 돌리는 순간.

어디선가 검 한 자루가 날아들더니 단정순의 손아귀로 빨려 들어갔다.

"어? 왜……."

여전히 긴장을 풀지 않는 단정순의 모습에 고개를 갸웃거리던 주원종이 한순간 어딘가를 쳐다보며 미간을 좁혔다.

"어쭈. 요놈들 봐라?"

주원종과 단정순의 시선이 닿은 곳.

그곳에는 주원종의 진각에도 전혀 영향을 받지 않은 듯 여전히 깨끗한 모습을 유지하고 있는 두 명의 사내가 청석 위에 서 있었다.

그중 한 사람, 담재선이 한숨을 내쉬며 흐릿한 인상의 청년 노도진을 쳐다봤다.

"굳이 이럴 필요가 있었나?"

"재밌잖아. 저런 고수들을 어디 가서 만나 보겠어? 이런 기회는 또 찾기 어렵다고. 아저씨도 그래서 안 막은 거잖아."

노도진이 히죽 웃음을 보이더니 크게 기지개를 켜며 걸음을 옮기기 시작했다.

그 뒷모습을 음울한 눈동자로 쳐다보던 담재선이 어쩔 수 없다는 얼굴로 그 뒤를 따르기 시작했다.

개봉으로 들어서자 정주형이 눈을 동그랗게 뜨고 주변을 두리번거렸다.

제법 늦은 시각이라 사람들의 발길은 없었지만 그들이 남긴 흔적만으로도 개봉이 작은 곳이 아니라는 것을 충분히 알 수 있었다.

"와…… 남경만큼은 아니라도 구주나 하문은 비교도 안 되겠는데?"

어떤 면에서는 남경보다도 더 발전되었다는 느낌을 받기도 했다.

아직 역사가 오래되지 않은 남경보다 더 오래된 역사를 간직하고 있던 개봉이었기 때문이다.

어두컴컴한 밤임에도 주변을 둘러보느라 정신을 차리지 못하는 정주형이 창피했는지 안은희가 정주형의 등을 짝하고 쳤다.

정주형이 움찔하더니 얼굴을 찌푸리며 안은희를 돌아봤다.

"왜 그래, 또?"

"그만 좀 하라고. 창피하게 진짜."

"창피하긴 뭐가 창피해? 이럴 때 아니면 우리가 언제 개봉 땅을 밟아 보겠냐고. 이건 대대손손 자랑해야 할……."

그러나 정주형은 말을 끝까지 잇지 못했다.

안은희의 눈초리가 사나워졌기 때문이다.

정주형이 끙 하고 앓는 소리를 내며 입을 다물자, 그 모습을 물끄러미 쳐다보고 있던 고민우가 픽 웃음을 보였다.

그것을 용케 잡아낸 정주형이 고민우를 향해 눈을 부라렸다.

그러나 고민우는 모른 척 정주형의 시선을 외면하고는 모용기를 찾았다.

"그런데 지금 어딜 가는 거지?"

"어디긴 어디겠어? 객잔이지."

"정무맹이 아니고?"

"내가 미쳤냐? 너네들 데리고 정무맹에 들어가게? 나 혼자라면 모를까 너네들 달고 들어갈 만큼 호락호락한 곳은 아니라고."

모용기의 말에 철소화가 얼굴을 찌푸렸다.

"그럼 우리 정무맹 못 가는 거야? 잔뜩 기대했는데……."

"넣어 둬. 접어 둬. 진짜 목숨 걸고 들어갈 게 아니라면."

자신을 쳐다보지도 않고 대꾸하는 모용기의 태도에 철소화가 볼을 빵빵하게 부풀렸다.

그러나 모용기는 철소화에게 눈길도 주지 않고 어딘가를 향해 걸음을 옮기기에 바빴다.

그리고 모용기가 어디로 향하려는지 어느 정도 감을 잡은 철소화의 볼이 더욱 빵빵하게 부풀려졌다.

철소화가 모용기의 뒷모습을 쳐다보며 볼멘소리를 냈다.

"또 어디 구석진 곳에 가려는 거야? 오빠 변태야? 번듯한 곳 내버려 두고 맨날 그런 곳만 찾게?"

"시끄러. 번듯한 곳 갔다가 너네들 알아보는 사람이라도 있으면? 괜한 분란거리 만들 생각 없으니까 그냥 따라와."

"씨……."

철소화는 불만이 가득한 얼굴이었다. 그러나 더 대꾸할 말이 없어 억지로 걸음을 옮기고 있는데 얼마 지나지 않아 철소화의 예상대로 허름한 객잔이 모습을 드러냈다.

모용기가 만족한 얼굴로 고개를 끄덕였다.

"여기가 좋겠다. 들어가…… 어라?"

그러나 모용기는 끝까지 말을 잇지 못했다.

멀리서 희미하게 들려오는 폭음.

그리고 잘게 느껴지는 땅의 진동.

그 근원지를 어렵지 않게 알아낸 모용기가 얼굴을 와락 구겼다.

"젠장! 이건 또 뭐야?"

모두의 시선이 모용기를 따라갔다.

그러나 담설만은 예외였다.

자신의 옷자락을 슬그머니 잡아채는 담설의 손길에 모용기가 미간을 좁혔다.

"뭐야, 이건?"

"또 혼자 갈 거잖아요. 같이 가요."

그 순간 철소화의 얼굴이 휙 돌아가더니 모용기의 등에 덥석 매달렸다.

뭉클한 느낌에 모용기가 당황한 얼굴을 했다.

"뭐, 뭐야? 빨리 안 떨어져?"

"나도 갈 거야. 그러니까 나 떼어 놓고 갈 생각 하지 말라고."

"가긴 어딜 가? 진짜 죽고 싶어서 그래? 정무맹이라고! 정무맹!"

"정무맹이 뭐? 그래 봐야 죽이지도 못할 건데."

"누가 그래? 죽이지도 못할 거라고?"

"그럼? 우리 아빠랑 대판 싸우기라도 하겠대? 정무맹주가 정신이 나가기라도 했대?"

머리가 비상하게 굴러가는 철소화였다.

그러나 하나만 알고 둘은 헤아리지 못했다.

모용기가 가볍게 몸을 털어 철소화를 떼어 내고는 말했다.

"죽이지는 않겠지. 최고의 인질인데. 네가 잡히면 아마 두고두고 우려먹으려고 할걸?"

"그건 오빠가 우리 아빠를 몰라서 하는 말이고. 우리 아빠가 어떤 사람인데 그런 짓을 해? 그건 진짜 같이 죽자는 거지. 그런 식으로 당할 바에는 진짜 정사대전이라도 불사할걸?"

철소화의 두 눈에는 확신이 담겼다.

그러나 모용기는 철자강이 그러지 못한다는 것을 잘 알고 있었다.

다만 더 말해 봐야 먹히지 않을 분위기였다.

모용기가 난감한 얼굴로 한숨을 푹 내쉬는데 정주형이 한 걸음 앞으로 나서며 말했다.

"뭘 그렇게 어려워해? 그래 봐야 죽기밖에 더하겠어? 같이 가지 뭐."

"미친놈아! 난 죽기 싫다고!"

"죽기 싫긴 개뿔. 그런 놈이 단연애에서 뛰어내려?"

"그건 속아서 그런 거라고!"

모용기가 발끈하자 가만히 있던 하유선이 움찔 몸을 떨었다.

그러나 누구도 하유선에게 눈길조차 주지 않았다.

모용기가 빠져나갈 틈을 주지 않겠다는 듯 동그랗게 둘러싸며 길을 막았다.

모용기가 와락 얼굴을 구겼다.

"미, 미친! 진짜 죽고 싶어서 그래? 난 너희들까지 챙길 자신 없다고!"

모용기의 말에 임무일이 픽 웃으며 고개를 저었다.

"누구도 네게 그런 걸 기대하지 않는다. 스스로 알아서 한다."

"너희들이 무슨 수로 알아서 해? 말이 되는 소릴 해야지! 제 주제를 알라고!"

모용기가 독한 말을 서슴지 않았다.

그러나 누구 하나 물러설 기세가 아니었다.

한 걸음 물러서서 관망하는 하유선과 오광, 금소소를 제외하면 모두가 모용기를 둘러싼 채 단 한 걸음도 물러서지 않았다.

못마땅하다는 얼굴로 그들을 돌아보던 모용기가 한순간 눈을 질끈 감았다.

"에라, 모르겠다!"

그리고는 휙 솟구쳐 올랐다.

모용기의 예상치 못한 행동에 철소화가 당황한 얼굴을 했다.

"엇! 오빠!"

담설은 행동이 먼저였다.

멀어져 가는 모용기의 뒤를 쫓는 담설의 뒷모습에 임무일과 정주형 등 역시 휙 몸을 날렸다.

누구 하나 자신을 돌아보지 않는 모습에 철소화가 입술을 꼭 깨물더니, 얼른 조희진을 찾았다.

"언니, 우리도……."

철소화의 다급한 목소리에도 조희진은 망설이는 얼굴을 했다.

조희진의 망설임을 알아본 철소화가 재차 재촉했다.

"우리도 가자니까? 오빠들이랑 은희 언니 그냥 내버려 둘

거야? 죽든 살든 같이 해야 할 거 아냐?"

철소화가 버럭 소리를 질렀다.

움찔하던 조희진이 입술을 꼭 깨물었다.

조희진이 철소화의 허리를 감싸더니 휙 몸을 날렸다.

그리고 그 뒤를 금소소가 재빠르게 따라붙었다.

하유선이 오광을 돌아봤다.

"총관, 우리도……."

그러나 오광은 고개를 저었다.

"안 됩니다."

"왜? 왜 안 되는데요? 그냥 또 보고만 있으라고요? 그러
고 또 배척당하라고? 싫어요. 차라리 같이 죽을래요."

하유선이 고집을 부려 보지만 오광은 여전히 고개를 저
었다.

"의미가 없습니다."

"왜 의미가 없어요? 이대로 나만 살아 돌아가면, 이번에
도 성주님이 봐줄 것 같아요? 정말 끝이라고요. 패천성에서
신무문이 설 자리가 사라진다고요."

오광이 하유선을 새삼스럽다는 눈으로 쳐다봤다.

제법 생각이 깊었던 것이다.

그러나 그녀의 생각에 동조할 수는 없었다.

"그렇다고 해도 안 됩니다. 그건 아가씨의 몫이 아닙니
다."

"무슨 소릴 하는 거예요? 설마 오 총관이 대신하겠다고 요? 말도 안 되는 소리 하지 마세요. 그 정도로는 성주님이 받아들이지 않을 테니까. 내가 가야⋯⋯."

"저도 가지 않습니다."

오광이 단호한 얼굴로 하유선의 말을 끊었다.

하유선이 와락 얼굴을 구겼다.

"그렇게 보지 않았는데⋯⋯ 됐어요. 저만 갈래요."

하유선이 휙 몸을 돌리려 했다.

그러나 자신의 팔을 낚아채는 오광의 손길에 원하는 바를 이루지 못했다.

하유선이 분통을 터트렸다.

"정말 이럴 거예요? 신무문이 죽는다고요!"

그러나 오광의 얼굴은 여전히 침착했다.

"퇴로를 만들어야 합니다."

"퇴로라니요? 지금 이 상황에 퇴로를 왜⋯⋯."

"상황이 어떻게 돌아갈지는 아가씨도 저도 확신하지 못합니다. 일단은 뒤를 준비해야 합니다. 죽는 것은 모든 상황이 정리된 이후라도 늦지 않습니다."

불안하게만 보이던 하유선의 얼굴이 조금씩 진정되는 모습이었다.

그리고는 잠시 무언가를 고민하는가 싶더니 곧 고개를 끄덕였다.

"무슨 말인지 알 것 같아요. 고마워요, 총관."

하유선의 총기에 항상 차갑기만 하던 오광의 얼굴에 희미하게 미소가 담겼다.

그러나 그러한 기색을 빠르게 지워 내고는 앞장서는 오광이었다.

"이쪽입니다."

"허공섭물!"

누군가의 외침에 주위가 단숨에 소란스러워졌다.

그리고 그 순간 홍소천이 확신했다는 얼굴로 재차 목소리를 냈다.

"신공!"

홍소천의 목소리에 진산이 입을 쩍 벌렸다.

"누, 누구?"

권마의 출현만으로도 놀라운데 신공까지 더해지자 정신을 차리기가 어려울 정도였다.

진산이 조금은 흐려진 눈으로 담재선과 주원종을 번갈아 쳐다봤다.

신공과 권마.

오십여 년 전 벌어진 정사대전 당시 정사를 대표하던 인물들이었다.

전설적인 인물들의 출현에 이번에는 반대로 모두가 숨을 죽였다.

오대세가의 가주들, 정무맹의 장로들 역시 마찬가지였다.

모두가 긴장한 얼굴로 단정순과 주원종을 주시했다.

그러나 단정순은 자신에게 쏠린 이목을 무시한 채 오로지 노도진을 노려볼 뿐이었다.

"누구냐."

"알아서 뭐 하게? 그냥 한판 하면 되는 거지."

손가락 마디를 뚝뚝 꺾는 노도진의 모습에 단정순이 미간을 좁혔다.

그런 단정순을 주원종이 막아섰다.

"물러서. 그 몸으로 뭘 하려고? 내가 하지."

노도진이 그랬듯 크게 기지개를 펴며 몸을 푸는 주원종을 쳐다보며 단정순이 고개를 저었다.

"네 상대가 아니다."

"왜? 또 기감에 걸리든? 그러나 네놈이 가장 잘 알지 않느냐? 내력이 전부가 아니라는 것을."

단 한 번도 단정순에게 꺾여 본 적이 없었던 주원종이다.

내력이 전부였다면 주원종 자신이 단정순의 상대가 될 수 없었을 것이다.

주원종이 목을 뚝뚝 꺾는 것을 마지막으로 노도진을 향해 손가락을 까딱거렸다.

"와라."

노도진이 헤하고 입을 벌렸다.

"후회할 텐데?"

"후회는 무슨! 어린놈의 새끼가 못 하는 말이 없구나."

"나 생각보다 나이 많은데?"

"그래 봐야 내 나이만 하겠느냐? 잡소리는 집어치우고, 기회 줄 때 와라."

노도진이 히죽 웃음을 보였다.

"그럼 사양 않고."

그리고는 잔상조차 남기지 않은 채 푹 꺼지듯 그 자리에서 사라지더니 주원종의 코앞에서 불쑥 모습을 드러내는 노도진이었다.

쾅!

단 한 번뿐인 부딪힘이었지만, 그 여파로 용권풍이 훅 몰아쳤다.

확하고 피어오르는 흙먼지를 단정순이 휙휙 검을 그어 단번에 잘라 냈다.

그리고는 자신을 주시하고 있는 담재선을 향해 말했다.

"나는 단정순이다."

요란한 폭음 사이로 단정순의 목소리가 또렷하게 전해졌다.

그리고 그것은 담재선 역시 마찬가지였다.

"굳이 싸울 마음은 없습니다만."

"그렇다면 왜 이 자리에 있는 것인가?"

담재선이 대답 대신 주원종과 요란하게 겨루고 있는 노도진의 뒷모습을 힐끔거렸다.

단정순이 미간을 좁혔다.

"보모가 필요할 것 같진 않은데."

"누구나 사정은 있는 법이지요."

담담한 담재선의 목소리에 단정순이 고개를 끄덕였다.

그러나 그를 향해 겨눈 검은 거두지 않았다.

"그렇다고 해도 네놈들이 누군지는 알아야겠구나."

그리고는 가볍게 검을 그어 내렸다.

별다른 힘이 실리지 않은 듯한 동작이었지만 그 의미는 가볍지 않았다.

단정순이 검을 그어 내린 방향을 따라 흰 선이 쭉 그어졌다.

위협을 느낀 담재선이 본능적으로 쌍장을 올려 쳤다.

쾅!

요란한 폭음과 함께 담재선을 향하던 흰 선이 허공을 갈랐다.

그리고 담재선이 뻗어 낸 장력의 여파가 단정순에게 흘러들었다.

그 무엇보다 싸늘한 기운에 단정순이 그제야 알았다는 듯 고개를 끄덕였다.

"북해 출신이구나."

"모른 체해 주셨으면 좋았을 텐데요."

담재선이 욱신거리는 손목을 털어 내며 얼굴을 찌푸렸다.

그러나 단정순은 여전히 제 말만 이어 갔다.

"이 정도 내력이면 어중이떠중이는 아닌 것 같고…… 빙궁주라도 되는 건가?"

"어르신!"

담재선의 목소리에 힘이 실렸다.

동시에 담재선을 중심으로 차가운 기파가 퍼져 나갔다.

그것에 저항할 방법이 없었던 소무결 등이 주춤주춤 거리를 벌렸다.

"으음……"

제갈공을 필두로 한 다른 이들 역시 마찬가지였다.

이내 주변을 에워싸고 있던 이들과 자연스레 거리를 충분히 벌리게 된 담재선이 쌍장을 들었다.

그리고는 단정순을 노려보며 말했다.

"제가 시작한 일이 아닙니다."

그러나 단정순은 그것에 관심이 없다는 듯한 얼굴이었다.

제 손안의 이질적인 감촉에 오히려 더 집중하는 단정순이었다.

"검을 들어 본 것도 제법 오래되었구나."

경지에 이르고 난 이후로 더 이상 검을 잡지 않았던 단정순이다.

더 이상 검이 필요하지 않았다.

검이 있으나 없으나 별다른 차이를 느끼지 못했던 탓이다.

만일 몸이 정상이었다면, 제갈연이 아니었다면 결코 검을 다시 잡을 일이 없었을 단정순이었다.

잠시 잡념에 빠졌던 단정순이 어느새 익숙해진 손안의 감촉에 고개를 끄덕였다.

그리고는 담재선을 쳐다보며 검 끝을 겨눴다.

"와라."

주원종이 내뱉은 말과 같았지만 분위기는 전혀 달랐다.

주원종의 장난스런 말투와 달리 묵직한 울림이 느껴졌다.

담재선이 어느덧 차분하게 가라앉은 눈으로 단정순을 쳐다봤다.

그리고는 한순간 깊게 숨을 들이켜더니 노도진이 그랬던 것처럼 잔상조차 남기지 않은 채 휙 몸을 날렸다.

쾅!

강렬한 기파가 훅하고 몰아치자 노도진과 주먹을 맞대고 있던 주원종이 얼굴을 찌푸렸다.

"이놈의 늙은이가! 그렇게 나서지 말라고 했건만!"

돌아보지 않아도 알 수 있었다.

그만큼 익숙한 기운이었기 때문이다.

그러나 눈은 돌리지 않아도 주위가 분산되는 것은 어쩔 수 없는 일.

노도진이 그 틈을 놓치지 않고 주먹을 밀어 넣었다.

강렬하게 몰아치는 기파 사이로 정확하게 빈틈을 노리는 노도진의 주먹에 주원종이 와락 얼굴을 구겼다.

"빌어먹을 놈의 새끼가!"

주원종의 왼손이 부드럽게 휘어지며 노도진의 주먹을 밀어냈다.

그러나 그 정도는 충분히 예측 가능한 범위였다.

제법 손을 섞어 본 결과 주원종의 권로가 어렴풋이 보이기 시작했기 때문이다.

노도진의 얼굴에 흐릿하게 미소가 머금어졌다.

순간 불길함을 느낀 주원종이 본능적으로 오른손을 들어 올렸다.

쾅!

노도진의 주먹이 주원종의 손바닥을 직격하며 폭음이 터져 나왔다.

주르륵 밀려난 주원종이 왈칵 피를 토했다.

"우웩!"

소무결이 당황한 얼굴을 했다.

"하, 할배!"

운현 역시 당장이라도 뛰쳐나갈 듯한 몸가짐이었다.

그 순간 주원종이 오른손을 휙 그었다.

쩌적 소리를 내며 소무결 등의 앞으로 긴 선이 그어졌다.

주춤거리는 소무결 등을 보며 주원종이 고개를 저었다.

"거기 있어. 방해만 되니까."

주원종이 시선을 돌려 노도진을 노려봤다.

"어린놈이 내력이 제법이구나."

내상을 감내하면서까지 노도진의 내력을 받아 내지 않은 것은 순간적인 판단이었다.

그것은 정확히 들어맞았다.

버티면서 내력 싸움으로 몰고 갔다면 더 큰 피해를 입었을 것이다.

주원종이 입가의 핏물을 슥 닦아 냈다.

그리고는 노도진을 노려보며 이를 갈았다.

"제대로 해보자."


모처럼 단정순이 검까지 들었지만 담재선은 쉽지 않은 상대였다.

담재선이 뼛속까지 얼려 버릴 기세로 쏟아 내는 차가운
내력이 문제였다.

자신의 양강한 내력과는 정반대의 기운이었다. 천하에서
짝을 찾아보기 어려울 정도로 양강한 내력과 음유한 내력
이 정면으로 마주한 것이다. 상극의 기운이 서로를 노리기
시작하자 그 반발이 큰 것은 당연한 이치였다.

자신의 양강한 내력을 뚫고 침투하려는 담재선의 음유한
내력에 단정순이 얼굴을 찌푸렸다.

억지로 밀어내려 내력을 써 보지만 점점 더 감당하기가
어려워져 갔던 것이다.

'몸 상태만 정상이었어도……'

사실 몸 상태가 정상이라 해도 장담하기 어려운 승부였
다.

담재선이 생각보다 더한 고수였기 때문이다.

마치 전성기 시절의 자신이나 주원종을 보는 듯한 착각
이 들 정도로 상당한 실력자였다.

본능적으로 어렵다는 사실을 직감할 수 있었다.

그리고 그 순간 담재선의 두 눈이 번뜩이며 빛을 발했다.

잡념이 섞여 단정순의 검이 조금이지만 느려진 것을 놓
치지 않은 것이다.

담재선이 슬쩍 어깨를 흔들었다.

담재선의 신형이 바람에 흔들리는 갈대처럼 부르르 떨리

는가 싶더니 한순간 두 개의 신형으로 쑥 분리되었다.

다른 생각을 하면서도 담재선에게서 눈을 떼지 않고 있던 단정순이 코웃음을 쳤다.

"흥! 잔재주를!"

단순히 잔재주라 하기에는 무리가 있었다.

담재선이 만들어 낸 그것은 무엇이 허이고 무엇이 실인지 구분이 되지 않을 정도였기 때문이다.

심지어 그것은 허상이라면 당연히 없어야 할 기척마저도 지니고 있을 정도로 정교했다.

그러나 단정순은 조금도 긴장한 얼굴이 아니었다.

"둘 다 베어 버리면 될 일!"

허와 실을 구분하지 못하면 둘 다 베어 버리면 될 일이다.

단정순에게는 충분히 그럴 만한 능력이 있었다.

단정순이 횡으로 검을 획 그었다.

이전처럼 하얀 선과 같은 검기가 쭉 뻗어 나갔다.

그 순간 둘로 나뉘어졌던 담재선의 신형이 모두 스르륵 흩어져 내렸다.

단정순이 담재선을 상대한 이후 처음으로 당황한 얼굴을 했다.

"이, 이런!"

둘 모두 허상이었다.

담재선이 단정순의 기감을 속인 것이다.

일양공을 대성하고 기감이 극에 달한 이후로 쓸 일이 없었던 단정순의 두 눈이 부산하게 움직이기 시작했다.

그러나 오랫동안 쓰지 않았던 탓에 반응이 느렸다.

단정순의 두 눈이 허공에서 뚝 떨어져 내리는 담재선을 발견했을 때는 이미 그의 쌍장이 코앞까지 다가와 싸늘한 한기를 흩날리기 시작한 시점이었다.

"사부님!"

제갈연의 비명 소리가 단정순의 귀에 똑똑히 틀어박혔다.

그러나 단정순은 시선조차 돌리지 못했다.

자신에겐 찰나의 시간조차 허락되지 않는다는 것을 잘 알기 때문이다.

급격히 거리를 좁혀 오는 담재선의 한기에 단정순이 허탈한 웃음을 보였다.

'과욕이었나? 어차피 이리될 것을……'

주원종의 꼬임에 괜히 동조했다는 생각이 들었다.

어차피 결과는 달라지지 않을 것, 조용히 생을 마감하는 것이 더 나았을 것이다.

그랬다면 제 제자의 가슴에 대못을 박을 일은 없었을 것이다.

온몸의 힘이 빠져나가는 기분이었다.

단정순의 전신이 환하게 열렸다.

두 눈에 잔뜩 힘을 준 채 마지막 일격을 가하려는 담재선.

그러나 담재선은 한순간 단정순을 향하던 쌍장의 방향을 틀어야만 했다.

"젠장!"

쾅!

어디선가 날아든 선명한 검기에 담재선의 신형이 쭉 밀려났다.

담재선이 단정순의 앞을 막아선 명진을 노려보며 이를 갈았다.

"네놈!"

72 章.

참룡
회귀록

斬龍回歸錄

72 章.

주원종이 철무한을 흘겨보며 씨근덕거렸다.

"빌어먹을 놈. 진즉에 나설 것이지."

철무한이 어색하게 웃으며 대꾸했다.

"할배가 그렇게 얻어맞을 줄 몰랐지. 맨날 할배한테 얻어 맞기만 해서……."

"시끄럽다, 이놈아! 얻어맞긴 누가 얻어맞아! 서로 주고 받은 거라고!"

주원종이 발끈한 얼굴을 했다.

그러나 노도진에 비해 상대적으로 행색이 엉망인 것은 사실이었다.

단정하게 묶어 뒀던 머리카락은 산발을 한 채 사방으로

53

휘날리고 있었고, 군데군데 찢어진 옷가지 사이로 시커멓게 죽은 피멍이 보이는 것은 물론이고 간혹 핏줄기도 흐르고 있었다.

철무한이 어깨를 들썩였다.

"아니면 말고."

그리고는 노도진을 향해 신형을 돌리는 철무한이었다.

철무한의 뒷모습을 쳐다보며 주원종이 이를 바득바득 갈았다.

"망할 놈! 어디서 저딴 게 튀어나와서는······."

주원종의 따가운 시선이 느껴지기는 했지만 애써 그것을 무시한 철무한이 노도진을 향해 히죽 웃음을 흘렸다.

"형씨, 이제 그만하는 게 어때? 죽을 날 얼마 남지 않은 노친네 그렇게 쥐어 패서 뭐 좋을 게 있다고? 이제 그만하고······."

"이 빌어먹을 놈아! 안 맞았다고!"

철무한의 등 뒤에서 버럭버럭 소리를 지르며 악을 쓰는 주원종이었다.

그 모습을 본 노도진이 무언가 마음에 들지 않는다는 듯이 뻐딱한 얼굴을 하며 모로 고개를 틀었다.

"싫은데?"

"아니 왜? 우리 할배가 형씨한테 잘못한 것도 없을 텐데?"

"그건 네 녀석이 판단하는 게 아니라 내가 판단하는 거지. 넌 나보다 약하잖아."

"헐……."

간단명료한 노도진의 논리에 저도 모르게 헛웃음을 흘리고 마는 철무한이었다.

그러나 철무한은 얼른 고개를 저으며 다시 말했다.

"그렇게 쉬운 거면 법은 왜 있고, 예의는 왜 있는 거냐? 그런 건 생각 안 해 봤어?"

이번에는 노도진이 황당하다는 얼굴을 했다.

"너 순진한 거냐, 병신인 거냐? 아, 아니지. 그게 그건가? 순진한 것도 그 정도면 죄악이나 다름없으니까."

의미를 알 수 없는 노도진의 말에 철무한이 인상을 썼다.

"뭔 소리야?"

"아니, 그렇잖아. 넌 법을 다 지키고 살았어? 그럴 리가. 그랬다면 네놈은 벌써 처형당했을걸? 나라에서 허락받지 않은 사병을 키우고 있는 셈이니까."

"헛소리! 우리가 무슨 사병을 키워?"

"패천성을 지키는 무사들. 그거 사병 아냐?"

"무슨! 그들은 제자라고! 사병이 아니라고!"

철무한의 항변에 노도진이 픽 웃음을 흘렸다.

"제자? 애초에 제자라면 얼굴이나 이름 정도는 알아야 할 거 아냐? 패천성주는 제자들 이름과 얼굴을 안대? 모르지?

그럴 수밖에. 무슨 놈의 제자가 천이 넘어가니."

"그, 그건……."

"그리고 제자에게 돈을 준다는 것도 웃기는 일이지. 무슨 제자한테 돈을 주고 집을 지키라고 해? 그런 관계는 사제 관계가 아니라 주종 관계라고 하는 거다, 이 멍청한 놈아."

"아니라고! 진짜 제자라고! 돈을 주는 건 그 사람들도 먹고 살아야 해서……."

"거봐. 사형제들이 아니고 그 사람들이잖아. 이래도 사병이 아니고 제자야?"

노도진의 신랄한 비꼼에 철무한은 말문이 턱 막히는 느낌이었다.

더는 할 말이 궁색해진 철무한이 잠시 입을 다무는데 노도진이 예의 그 흐릿한 미소를 보이며 재차 말했다.

"자꾸 시간 끌지 말고 비켜. 모처럼 재미 좀 보는데 방해하지 말고. 아니면 네가 저 영감 대신할 테야?"

노도진의 목소리에는 별다른 힘이 실리지 않았다.

오히려 나른한 게 자꾸 듣다 보면 저도 모르게 자신 역시 힘을 뺄 것만 같은 목소리였다.

철무한이 얼른 고개를 저으며 정신을 차렸다.

그리고는 노도진을 잠시 노려보는가 싶더니 슬며시 뒷걸음질 쳤다.

어느새 제 옆으로 다가온 철무한을 쳐다보며 주원종이

황당하다는 얼굴을 했다.

"이놈아, 여긴 왜 와?"

"몰라서 물어? 할배도 감당 못 하는 괴물을 내가 무슨 수로 혼자 막아? 그러지 말고 같이……."

"이런 빌어먹을 놈이!"

주원종이 철무한을 향해 눈을 부라렸다.

그 순간 익숙한 기척이 툭 하고 떨어져 내렸다.

그것이 당명임을 알아챈 주원종이 돌아보지도 않고 툴툴거렸다.

"썩을 놈. 진즉에 도울 것이지."

주원종의 말에 당명이 헛웃음을 흘렸다.

"주원종이 많이 변했구나. 젊었을 적에는 곧 죽어도 끼어들지 말라 하더니."

"세월이 얼만데? 쓸데없는 소리를……."

주원종의 뻔뻔함에 당명이 소리 없이 웃음을 흘렸다.

머쓱해진 주원종이 헛기침을 하며 단정순을 찾았다.

"그런데 단가 놈은?"

"걱정 말거라. 아이들도 함께하고 있으니까."

당명의 말대로였다.

단정순의 주변에는 제갈연을 위시하여 소무결 등이 우르르 몰려 있었다.

잠깐 고개를 끄덕인 주원종이 그제야 다시 예전과 같은

장난스런 미소를 회복하고는 노도진을 쳐다봤다.

"이제 어쩔래? 네놈이 불리하지 않나? 꽁무니 빠지게 도망이라도 쳐야 하지 않을까?"

노도진이 두 눈을 가늘게 좁히며 고개를 모로 틀었다.

"글쎄? 굳이 그럴 이유는 없을 것 같은데."

주원종이 눈썹을 꿈틀거렸다.

"빌어먹을 자식! 내 오늘 네놈의 생살을 뜯고야 말…… 어라?"

주원종이 말을 끝까지 잇지 못하고 두 눈을 동그랗게 떴다.

노도진이나 담재선만큼은 아니지만 상당한 존재감을 보이며 앞으로 나서는 일노일소를 그제야 확인했기 때문이다.

어린아이의 모습을 한 조문홍이 악동과도 같은 얼굴을 하며 노도진을 불렀다.

"이놈아, 이제 우리 도움이 필요하지? 이래도 계속 건방지게 굴 테냐?"

조문홍의 짤랑짤랑한 목소리에 노도진이 힐끔 고개를 돌렸다.

그리고 남겨진 것은 픽 하는 비웃음이었다.

조문홍이 얼굴을 와락 구겼다.

"빌어먹을 자식! 저거 그냥 죽도록 내버려 둘까?"

조문홍이 자신을 쳐다보자 위일청이 고개를 저었다.

"그건 안 되지. 위에서 저 자식만큼은 살려 오라고 신신 당부했지 않나?"

"씨발! 고자 새끼가 제 아들인 것도 아니면서 뭘 그렇게 챙겨? 누가 보면 남색이라도……."

그 순간 위일청이 손을 턱 내밀며 조문홍의 말을 끊었다.

위일청이 딱딱한 얼굴로 조문홍을 쳐다봤다.

"말조심."

위일청의 말에 조문홍이 끙 하고 앓는 소리를 냈다.

그러나 이내 고개를 휘휘 젓고는 주원종과 단정순을 요리조리 번갈아 쳐다봤다.

그리고는 마지막으로 주원종 쪽을 쳐다보며 고개를 끄덕였다.

"이쪽이 더 세네. 내가 이쪽."

위일청의 대꾸도 듣지 않은 채 이미 걸음을 옮기는 조문홍이었다.

위일청은 별다른 불만이 없는지 반대편으로 향했다.

위일청이 자신의 곁으로 다가서자 담재선이 고개를 저었다.

"도움은 필요 없다."

"우리도 돕고 싶지 않다. 그러나 네놈들이 죽으면 우리도 무사하지 못할 터. 위에서 가만두지 않을 테지. 좋아서 하는 거라 착각은 하지 마라."

담재선이 얼굴을 찌푸렸다.

위일청은 그런 담재선의 시선을 모른 체하며 맨 앞에서 검을 뽑아 든 채 눈을 빛내고 있는 명진을 노려보며 말했다.

"저놈만 내가 상대하지. 나머지는 네가. 그 정도는 충분하겠지?"

담재선은 여전히 못마땅하다는 얼굴만 할 뿐 가타부타 대꾸가 없었다.

그러나 그것으로도 충분했던 위일청이 한 걸음 앞으로 나서며 명진을 노려봤다.

"재밌는 놈이로구나. 그 나이에 제법 경지를 이룬 검기라…… 그 정도면 내 상대가 되기엔 충분하겠지."

위일청이 으르렁거리는 듯한 목소리를 내더니 소매 속에 숨겨 뒀던 양손을 꺼내 들었다.

단순히 손만 드러낸 것인데 이전과는 전혀 다른 압박감을 가져오는 위일청이었다.

명진이 조금은 긴장한 얼굴로 검을 들었다.

어느 순간부터 자주 보여 주진 않던 태극검법의 기수식이 다시금 모습을 드러내기 시작했다.

느릿느릿한 태극검의 기수식뿐이었지만, 한눈에 그 경지를 알아챈 위일청이 만족스럽다는 듯이 고개를 끄덕였다.

"좋구나. 그 정도는 돼야 싸울 맛이라도 나지."

위일청이 재미있다는 눈으로 명진을 쳐다보다 주위를 휙 둘러봤다.

아니나 다를까 다른 이들 역시 자신들의 상대를 두고 한껏 긴장한 얼굴들이었다.

자신이 먼저 시작하면 그것은 도화선이 될 것이다.

자신만이 아니다.

누구라도 먼저 움직이는 순간 같은 결과가 벌어질 것이다.

그리고 항상 먼저 움직이는 것은 조문홍이었다.

조문홍이 헤실거리는 얼굴로 한 걸음 앞으로 나서려는 순간.

시커먼 물체가 담장 위에서 휙 뛰어오르더니 하늘 높이 치솟아 오르는 모양새였다.

그것을 가장 먼저 잡아낸 제갈연이 당황한 얼굴을 했다.

"뭐, 뭐야?"

제갈연이 목소리를 내는 그 순간, 검은 인영이 제자리에서 무섭게 회전하기 시작했다.

그리고 그 아래를 따라 쏟아져 내리는 꽃잎.

파란색이 맴도는 그것은 눈부시도록 아름다웠다.

제갈연이 저도 모르게 중얼거리며 목소리를 냈다.

"난화난비."

콰콰콰쾅!

수많은 꽃잎이 떨어지며 화려하게 나부끼는 광경에 모두가 넋이 나갔을 때, 가장 먼저 이상함을 느낀 것은 단정순이었다.

극에 달한 기감만큼은 여전히 살아 있었던 탓이다.

순간적으로 무언가 섬뜩함을 느낀 단정순이 크게 소리쳤다.

"무, 물러서!"

단정순이 넋을 놓고 있는 제갈연의 뒷덜미를 재빨리 낚아챘다.

"어라? 사, 사부님!"

제갈연의 당황한 목소리에 반사적으로 고개를 돌리던 소무결이 와락 얼굴을 구겼다.

"씨! 우리도 좀 챙기지! 야! 튀어!"

"어? 그, 그래!"

소무결의 목소리에 운현 등이 재빨리 몸을 피했다.

그들만이 아니다.

주원종 등도 마찬가지였고 대척점에 서 있던 노도진이나 담재선 등도 마찬가지였다.

그들이 모두 거리를 벌리자 그제야 느릿느릿 떨어져 내리던 꽃잎들이 한순간에 쏟아져 내렸다.

콰콰콰쾅!

자그마한 조각이라도 우습게 볼 게 아니었다.

하나하나가 위력적인데 수없이 많은 조각들이 모여서 주변을 초토화시켰다.

주변 십여 장이 완전히 박살이 나자 소무결이 입을 쩍 벌렸다.

"뭐, 뭐?"

운현이나 천영영도 소무결과 마찬가지로 입을 쩍 벌렸고 어지간해서는 동요를 보이지 않는 당소문이나 명진도 상당히 놀란 듯 눈을 동그랗게 떴다.

그리고 그 순간 자욱하게 피어오른 흙먼지 사이로 시커먼 인영 하나가 툭 떨어져 내렸다.

이 사단을 일으킨 장본인임에 분명했다.

단정순이 제 수중에 들린 검에 더욱 더 힘을 가하며 제갈연 등의 앞을 막아섰다.

그리고 그것은 주원종 역시 마찬가지였다.

주원종의 얼굴에는 노도진을 상대할 때도 찾아볼 수 없었던 긴장감이 가득 깃들어 있었다.

단정순을 상대로 조금도 주눅이 들지 않았던 담재선도 마찬가지였고, 낙류장의 이마는 어느새 거리를 벌리고 있었다.

오로지 노도진만이 호기심이 가득한 눈으로 흙먼지를 주시하고 있었다.

그리고 오래지 않아 검으로 휙휙 헤치며 모습을 드러내는 검은 인영.

"에이 씨! 이건 쓸 만하긴 한데 먼지가 날려서 영…… 퉤, 퉤!"

모용기가 잔뜩 찌푸린 얼굴로 흙먼지를 헤치고 나왔다.

그 모습에 철무한이 가장 먼저 반응을 보였다.

"어? 너……!"

"응?"

익숙한 목소리에 무심코 고개를 돌리던 모용기가 한순간 얼굴을 와락 일그러트렸다.

"철무한 이 새끼!"

모용기의 사나운 기세에 철무한이 저도 모르게 주눅이 든 얼굴을 했다.

"어? 왜, 왜?"

"왜는 왜야, 이 미친 자식아! 여기가 어디라고 기어들어와? 죽고 싶어서 작정했어?"

"아니, 난 그냥 궁금해서……."

"미친놈아! 궁금하다고 사지로 뛰어들어? 네가 불나방이냐? 진짜 죽으려고 작정했어?"

모용기가 버럭버럭 소리를 지르며 악다구니를 썼다.

할 말이 없었던 철무한이 끙하고 앓는 소리를 내며 입을 다무는데, 여전히 분이 풀리지 않은 모용기였다.

"명진 이 자식은 어디 있어? 이건 대체 뭐 하는 놈이길래 이걸 지켜보기만…… 어라?"

고개를 획획 돌리며 명진을 찾던 모용기는 그 전에 익숙한 얼굴을 확인하고는 눈을 동그랗게 떴다.

모용기가 주원종을 쳐다보며 말했다.

"할배가 왜 여기 있어? 어? 소문이네 할배랑 단 씨 할배도?"

혹여나 봉마곡의 다른 노인들도 있을까 고개를 획획 돌리는 모용기였다.

그러나 그들이 전부였다.

의아함이 가득한 얼굴로 다시금 주원종에게 시선을 돌리던 모용기는 형편없는 주원종의 몰골에 얼굴을 와락 구겼다.

"어떤 새끼가! 이거 누가 그랬어? 누가 우리 할배 때렸어?"

조금은 경박해 보이지만 사나운 기세만큼은 진짜였다.

모용기의 주변으로 빠지직하며 기파가 퍼져 나갔다.

철무한에게는 약한 모습을 보이지 않았지만 이번만큼은 괜히 의지가 되는 주원종이었다.

"그, 그게 저……."

주원종이 슬며시 손을 들어 노도진을 가리키려는 찰나.

모용기를 중심으로 퍼져 나가던 기파가 한순간 완전히 자취를 감춰 버렸다.

그리고는 단 한 번의 몸짓으로 공간을 뛰어넘은 모용기가 제갈연의 눈앞에 불쑥 튀어나왔다.

제갈연이 흠칫 몸을 떨며 뒷걸음질 치려는 순간, 모용기의 손이 그녀의 손목을 낚아챘다.

"어? 어?"

모용기가 당황하는 제갈연을 향해 부드럽게 웃음을 보였다.

"오랜만…… 그간 더 예뻐졌네."

조금은 더 성숙해진 듯한 외모였지만 제갈연을 향하는 모용기의 눈길은 예전과 같았다.

제갈연의 두 눈에 눈물이 차오르려 했다.

모용기가 저도 모르게 손을 들어 예전처럼 제갈연의 머리를 쓰다듬으려는 순간.

담설이 모용기의 옆에 툭 떨어져 내리며 목소리를 냈다.

"오라버니!"

어느새 제 뒤를 따라붙은 담설을 쳐다보며 모용기가 얼굴을 찡그렸다.

"오지 말라니까. 말은 더럽게 안 들어 먹지."

그와 동시에 떨어져 내리는 몇 개의 인영.

가장 마지막에 도착한 철소화가 모용기를 쳐다보며 눈꼬리를 치켜세웠다.

"이 오빠가 진짜! 나도 같이…… 어라?"

제갈연을 발견한 철소화가 눈을 동그랗게 떴다. 그러나 이내 반색을 하며 제갈연에게 다가갔다.

"언니! 이게 얼마만이야? 어? 무결이 오빠랑 소문이 오빠, 운현 오빠도 있었네? 영영이 언니! 어? 우리 오빠도 있었네!"

철소화의 두 눈이 빠르게 돌아가며 주변을 훑었다.

그리고 철무한에게 시선이 멈췄을 때 환하게 밝아지는가 싶던 철소화의 두 눈이 한순간 동그랗게 커졌다.

"어? 할배들이 어떻게……."

철무한을 확인하고는 반색을 하던 정주형과 임무일 등도 봉마곡의 노인들을 발견하고는 철소화와 같은 반응을 보였다.

"어라? 주 씨 할배?"

"소문이네 할배도 있는데?"

"연아네 사부도……."

임무일과 정주형, 고민우가 차례로 목소리를 내자 안은희가 주위를 두리번거렸다.

"할머니들은? 소화네 할아버지는? 우리 할아버지는?"

그보다 먼저 주위를 살피고 있던 혁련강이 고개를 저었다.

"그분들은 안 오신 것 같다."

혁련강의 대꾸에 안은희가 조금은 실망한 얼굴을 했다.

그러나 이내 고개를 휘휘 젓더니 다시 주원종을 쳐다봤다.

"주 씨 할아버지, 이게 대체 어떻게 된…… 어라? 할아버지 왜 이래요? 할아버지 지금 다친 거예요?"

제정신일 때에는 단 한 번도 자신의 몸에 손을 대는 것을 허락하지 않았던 주원종이다.

그런 그가 여기저기 상처를 입고 있는 모습이 낯설었던 것이다.

그 때 모용기가 짝하고 박수를 치며 앞으로 나섰다.

"아차차! 깜빡했다. 할배, 누가 그랬어? 어떤 놈이 감히!"

모용기가 검을 휘휘 휘두르며 호들갑을 떨었다. 그러나 주원종은 뚱한 얼굴이었다.

"일 없다, 이놈아. 이제 와서?"

"아니, 이제 와서가 아니고…… 어떤 놈이 그랬냐니까?"

"흥!"

주원종이 코웃음을 치며 휙 고개를 틀어 버렸다.

모용기가 얼굴을 찌푸렸다.

"삐치기는……."

그리고는 주위를 휘휘 돌아봤다.

주원종에게 저 정도 상처를 입힐 만한 인물이면 필시 보통이 아닐 터.

분명 존재감이 있을 것이라 생각했다.

그리고 바로 눈 안에 들어온 인물.

"어라?"

담재선이었다.

모용기가 가늘게 눈을 뜨며 담재선을 노려봤다.

'저 아저씨라면 못 할 것도 없긴 한데……'

그러나 이내 아니라는 결론이 내려졌다.

담재선 역시 옷깃이 여기저기 찢어져 있었고 군데군데 핏줄기가 흐르고 있었지만 분명 주먹에 당한 상처는 아니었다.

단정순이 검을 들고 있으니 그에 당한 상처일 터다.

모용기가 다시 고개를 돌렸다.

멀리 낙류장의 이마가 눈에 들어왔다.

모용기는 이번에도 고개를 저었다.

'둘이 덤벼도 어려울 텐데 저렇게 멀쩡할 리가.'

조문홍과 위일청 역시 제쳐 두는 모용기였다.

그리고 재차 시선을 이동하던 차에 마지막에 눈에 들어온 흐릿한 인상의 청년.

노도진을 확인한 모용기의 두 눈이 찢어져라 크게 떠졌다.

"어? 어? 당신이 왜 여기에……!"

모용기의 격한 반응에 노도진이 고개를 갸웃거렸다.

"나를 아나? 나를 본 적이 없을 텐데?"

노도진이 혹시나 싶어 잠시 고민을 해 보지만 짚이는 것
이 없었다.

더 깊이 파고들어 볼까 생각하던 노도진은 이내 고개를
젓고 말았다.

일단 때려눕히고 물어보는 게 더 쉬울 거란 판단이었다.

노도진이 여전히 두 눈을 동그랗게 뜨고 있는 모용기를
향해 히죽 웃음을 보였다.

"화과산에서 본 게 2년 전인가? 제법이야. 벌써 그 정도
로 성장한 걸 보면, 그때 그대로 두길 잘했네."

모른 체 묵혀 두길 잘했다는 생각이 들었다.

주원종도 손맛이 제법이었지만 어딘가 부족했기 때문이다.

재밌는 놀잇감이라도 발견한 듯한 노도진의 얼굴.

그러나 모용기는 혼란스럽다는 얼굴이었다.

'대, 대주! 당신이 왜?'

잠깐 자리를 비운 사이 일이 터졌다.

안가로 들어서던 노도진은 뒤처리를 하느라 분주하게 움
직이는 철무한과 여전히 차가운 얼굴을 가장한 채 슬픔을
삭이는 명진을 모른 체하며 걸음을 옮겼다.

이제 곧 끝이 다가온다.

오로지 그것에만 집중해야 했다.

다른 것들에 시선을 분산할 여유가 없었기 때문이다.

억지로 눈과 귀를 닫고 걸음을 계속하던 노도진은, 그러나 결국 걸음을 멈출 수밖에 없었다.

분노에 찬 모용기의 목소리가 그의 발목을 잡아챘기 때문이다.

"그러니까 그 새끼들 어디 있냐고! 넌 알지? 넌 알 것 아냐! 빨리 말하지 못해!"

모용기가 핏발이 선 눈으로 고민우를 닦달했다.

옆에서 정주형이 만류해 보지만 막무가내였다.

노도진과는 다른 이유로 자리를 비운 사이 형제들이 일을 당한 것에 화를 참지 못하는 것이다.

여차하면 검이라도 뽑아 들 기세의 모용기였다.

어지간하면 모른 체할 노도진이었지만 이 일만은 막아야겠다는 생각이 들었다.

모용기가 날뛰기 시작하면 잠깐의 소란으로 끝나지 않기 때문이다.

노도진이 한숨을 내쉬며 발걸음을 틀었다.

그런 그를 확인한 정주형이 반색을 했다.

"대주!"

가만히 눈을 감은 채 입을 다물고 있던 고민우도 그제야 반응을 했다.

"오셨습니까?"

노도진이 짧게 고개를 끄덕이더니 둘을 향해 손을 내저었다.

"가서 일 보도록 해."

정주형이 그제야 살았다는 얼굴로 고민우를 잡아끌었다.

모용기가 눈썹을 꿈틀거렸다.

"어딜 가? 낙류장의 두 마두들이 어디 있는지는 말해 주고……!"

그러나 모용기는 끝까지 말을 이을 수 없었다.

노도진이 교묘하게 보법을 밟아 모용기와 고민우, 정주형의 사이를 갈라놓았기 때문이다.

모용기의 얼굴이 새빨갛게 달아올랐다.

"대주!"

참룡대에 들어온 후 내력이 부쩍 늘어난 모용기였다.

그의 주위로 유형화된 기파가 파지직하며 퍼져 나갔다.

그러나 노도진은 눈 하나 깜빡하지 않았다.

"닥쳐."

"하지만 대주!"

"닥치라고 했다. 닥치고 따라오기나 해."

노도진이 차가운 눈으로 모용기를 쏘아보더니 이내 휙 몸을 돌려 걸음을 옮기기 시작했다.

모용기는 여전히 미련이 남은 눈으로 고민우의 뒷모습을

힐끔 쳐다보고는 빠드득 이를 갈았다.

그리고는 하는 수 없다는 얼굴로 노도진의 뒤를 따르기 시작했다.

내실로 들어서며 먼저 자리를 잡은 노도진이 모용기를 힐끔 쳐다보더니 자리의 맞은편을 향해 턱짓을 했다.

"앉아."

모용기는 여전히 불만이 가득한 얼굴이었지만 순순히 노도진의 말에 따랐다.

노도진이 여전히 분을 삭이지 못하는지 여전히 씩씩거리는 모용기를 물끄러미 쳐다봤다.

그리고는 조금 시간이 지난 후 무슨 생각이 들었는지 품 안에 손을 넣어 무언가를 꺼내 들었다.

툭 소리와 함께 모용기의 앞으로 떨어져 내리는 동그란 모양의 물건.

그것의 정체를 확인한 모용기가 당황한 얼굴을 했다.

"대, 대주? 대주의 참룡패는 왜……."

대원들의 참룡패가 단단하기로 소문난 한철로 만들어진 것과 달리, 옥으로 만들어진 참룡패.

바로 참룡대주를 상징하는 것이었다.

노도진이 당황한 얼굴의 모용기를 심드렁한 표정으로 쳐다보며 툭 내뱉듯이 말했다.

"네가 가져."

한옥의 참룡패가 가지는 의미는 곧 참룡대주였다.

그 의미를 잘 알고 있던 모용기가 흔들리는 눈으로 노도진을 쳐다봤다.

"이, 이걸 왜……."

"왜긴 왜야? 몰라서 물어?"

"아니, 그러니까…… 이걸 왜 나한테 주냐고요? 대주는 어쩌고?"

모용기의 질문에 노도진이 고개를 저었다.

"나? 난 이제 안 해."

"그게 무슨!"

모용기가 자리를 박차고 일어서며 목소리를 높였다.

그러나 노도진은 여전히 흐릿한 미소를 머금은 채 모용기를 쳐다봤다.

"앉아."

"하지만!"

"앉으라고. 그래야 말을 할 거 아냐?"

제법 사납게 내력을 끌어올렸음에도 여전히 침착한 얼굴의 노도진.

오랜 시간 그를 노려보던 모용기는 그것이 별다른 효과가 없자 결국 끙하고 앓는 소리를 내며 의자에 털썩 주저앉았다.

모용기가 노도진을 쳐다보며 목소리를 냈다.

"대체 무슨 말입니까? 이제 안 한다니?"

"말 그대로야. 이제 안 해."

"그러니까 대체 왜……."

"할 일이 있거든."

"할 일?"

"그래. 그래서 이젠 이 짓도 못 해."

"그게 뭡니까?"

모용기가 의문을 표했다.

그러나 노도진은 고개를 저었다.

"그건 알 것 없고. 어쨌든 앞으로는 이 짓 못 해. 그러니까 네가 맡아."

"아니, 갑자기 이러시면……."

"나도 이렇게 물려받았어. 충허 그 영감이 나한테도 꼭 이렇게 했다고."

"말도 안 돼. 대주 자리를 무슨 그런 식으로……."

"말 돼. 내가 그렇게 물려받았다니까?"

여전히 빙글거리는 노도진의 얼굴에 모용기가 얼굴을 찌푸렸다.

그러나 이미 볼일을 다 마친 후였던 노도진은 모용기의 대답이 필요치 않다는 듯 방문을 향해 턱짓을 했다.

"그럼 그만 나가 봐. 나도 정리 좀 해야 하니까. 아, 내가 사라지기 전까지는 다른 녀석들에게 비밀로 하고."

노도진은 더는 여지를 남기지 않겠다는 듯한 태도를 보였다.

그의 마음을 돌리기 어렵다는 것을 눈치 챈 모용기가 후하고 한숨을 내쉬었다.

그러나 이대로 물러설 수는 없었다.

한 가지 일은 확실히 해 둬야 했다.

"그런데…… 왜 하필 접니까? 명진도 있고 무한이도 있는데……."

그가 생각하기에 대주 자리를 물려받는 것은 철무한이나 명진이 더 낫다 생각한 것이다.

무공이 문제가 아니라 경험이 문제였다.

누군가를 이끌어 본 적이 없는 자신이 감당할 만한 자리가 아니라 생각한 것이다.

그러나 노도진은 픽 웃음을 보일 뿐이었다.

"충허 영감이 내가 마음에 든다고 말하더군. 같은 이유야. 그 녀석들보다 네가 더 마음에 들어."

노도진의 대꾸에 모용기가 황당하다는 얼굴을 했다.

"고작 그런 이유로?"

"고작이 아니지. 그거면 충분해. 알아들었으면 그만 나가봐."

그 말을 끝으로 노도진은 더 이상 말을 하지 않겠다는 듯 눈을 감아 버렸다.

그 모습을 본 모용기가 나직이 한숨을 내쉬었다.

그러나 차마 한옥의 참룡패를 주워 들지는 못했다.

모용기가 빈손으로 자리에서 일어서자 노도진이 다시 눈을 떴다.

"가져가라니까?"

"싫습니다. 그냥 대주가 대주 하십시오. 어디 가지 말고."

"안 된다니까. 난 할 일이 있다고."

"그러니까 그 할 일이란 게 대체 뭡니까?"

"그건……."

입술을 달싹거리던 노도진은 결국 모용기가 그랬듯 후하고 한숨을 내쉬고 말았다.

하고 싶은 말은 많았지만 해서는 안 될 일이다.

그러나 한 가지 정도는 남겨 줄 수 있었다.

"네가 자격이 된다면 알게 되겠지. 그게 지금이 아닐 뿐."

"자격…… 이요?"

"그래. 그러니까 일단 가지고 나가."

노도진이 어리둥절한 얼굴을 하는 모용기에게 다시금 한옥의 참룡패를 내밀었다.

그러나 모용기는 끝내 한옥의 참룡패를 받아 들지 않았다.

탁하고 문이 닫히는 소리와 함께 모용기가 모습을 감추자 노도진이 손가락을 들어 눈가를 문질렀다.

"가급적이면 깔끔하게 처리하고 가고 싶었는데…… 할 수 없나?"

노도진이 모처럼 붓을 들었다.

다음 날, 노도진은 자신이 말했던 대로 자취를 감춰 버렸다.

모용기가 노도진을 쳐다보며 더듬더듬 목소리를 냈다.

"어? 어? 그러니까…… 당신이 왜 여기에……."

모용기의 말에 의아함을 느낀 노도진이 눈매를 좁혔다.

"어째 날 잘 안다는 투로 들리는데? 그럴 리가 없을 텐데?"

노도진 자신은 화과산에서 모용기를 한 번 본 적이라도 있었지만, 모용기는 그럴 기회조차 없었다. 자신을 알 리가 없다 생각했다. 그 점이 이상했던 것이다.

노도진이 고개를 갸웃거리며 모용기를 쳐다봤다.

"나를 아나?"

쉽게 대답할 수 없는 질문이었다.

모용기가 입을 꾹 다문 채 자신을 쳐다보기만 하자 노도진이 픽 웃음을 보였다.

"말 안 해도 돼. 잡아 놓고 물어보면 되는 거니까."

노도진이 모용기를 향해 한 걸음 내딛었다.

그 거리만큼 모용기가 주춤거리며 물러섰다.

노도진이 내딛던 걸음을 멈추고 고개를 갸웃거렸다.

"뭐 하자는 거지? 싸울 생각이 아니었나?"

"당신이랑은 안 싸워."

"뭐?"

노도진이 황당하다는 얼굴을 했다.

그러나 모용기는 여전히 주춤거리며 물러설 뿐이었다.

"당신이랑은 안 싸워. 그러니까 가. 가라고."

모용기의 의외의 반응에 노도진이 얼굴을 찌푸렸다.

그보다 더 얼굴을 구긴 것은 주원종이었다.

"이 빌어먹을 놈아! 나 맞았다고!"

주원종이 노도진을 쳐다보며 노발대발했다.

그러나 모용기는 여전히 고개를 저을 뿐이었다.

"별로 아프지도 않으면서. 그냥 좀 잊어요."

"잊긴 뭘 잊어? 정 그러면 비켜라! 내가 직접······!"

그 때 철무한이 주원종의 앞을 막아섰다.

"뭐냐? 내가 직접 한다지······!"

"할배, 잠깐만."

철무한이 씨근덕거리는 주원종을 억지로 만류했다.

"비켜! 이놈아! 내가 직접 한다니까!"

"아니, 그게 아니고…… 저 자식 무슨 사정이 있는 것 같은데, 그건 좀 알고……."

힘으로 밀고 나가려는 주원종을 철무한 혼자 막아서기에는 무리였다.

당명이 철무한을 거들고 나섰다.

"주가 놈아, 일단 물러서 보거라. 무한이 놈 말대로 사정은 알고 하자."

당명까지 나서서 만류하자 주원종은 더 버티기가 어려웠다.

주원종이 끙하고 앓는 소리를 내며 물러서자 철무한이 그제야 모용기에게 다가갔다.

"뭐냐? 뭔데 그래? 아는 사람이야?"

모용기가 노도진에게서 시선을 떼지 않은 채 자신에게로 다가서려는 철무한을 향해 휙 검을 그었다.

촤악!

이전처럼 어떠한 검기도 보이지 않은 채 바닥이 쩍 갈라졌다.

철무한이 당황한 얼굴을 했다.

"어? 이건……."

"시끄러. 물러서. 다가오지 마."

"아니, 그게 아니라…… 이게 무슨……."

"물러서라고!"

모용기가 버럭 소리를 질렀다.

모용기가 남긴 흔적을 유심히 보고 있던 철무한이 흠칫 몸을 떨었다.

그러나 이내 와락 얼굴을 구겼다.

"이 자식이 진짜! 성질만 부리면 다인 줄……!"

그 때 어느새 다가온 명진이 철무한의 어깨를 툭 쳤다.

철무한이 명진을 돌아봤다.

"왜?"

"사정이 있겠지."

"그러니까 그 사정 좀 알자고……!"

그 순간 명진이 철무한의 팔을 낚아챘다.

"어? 왜……."

쩍!

철무한이 서 있던 자리에 선명한 주먹 자국이 찍혔다.

모용기가 남긴 흔적과 같이 어떠한 기척도 느낄 수가 없었다.

철무한이 당황한 얼굴을 했다.

"이게 무슨……!"

오감으로도 기감으로도 잡아내기가 어려웠다.

철무한의 시선이 명진을 향하자 그가 고개를 저었다.

"나도 모른다."

명진 역시 모용기가 움직이는 것을 보고 간신히 피해 낸 것이기 때문이다.

철무한의 시선이 주원종에게 향했다.

경험이 많은 그라면 무언가 알 수 있을 것이라는 기대였다.

철무한의 기대에 부응하듯 주원종이 딱딱한 얼굴로 낮게 중얼거렸다.

"심즉살······."

"뭐, 뭐?"

철무한이 입을 쩍 벌렸다.

주원종이 언급한 것은 무학의 최고의 경지였기 때문이다.

그러나 어느새 다가온 단정순이 고개를 저었다.

"그건 아니고."

"어? 아니야?"

단정순이 고개를 끄덕였다.

심즉살의 경지라면 굳이 주먹을 뻗을 이유가 없었기 때문이다.

당명이 단정순을 쳐다봤다.

"그럼 저건 뭔가? 기아 놈도 그렇고 저 이상한 놈도 그렇고."

"글쎄······."

단정순이라 해도 그 부분은 정확하게 짚어 줄 수가 없었다.

자신도 도달하지 못한 경지였기 때문이다.

"유 형님이라면 알아볼지도 모르겠군."

"허…… 저 아이가 벌써 그 정도로 성장했다는 말인가?"

처음 만났을 때부터 심상치 않다고 느끼긴 했지만 여전히 부족한 점이 있다 생각했었다.

그리고 그것은 가장 어려운 문제였다.

내력은 결국 시간을 필요로 하기 때문이다.

당명이 짧은 시간문제를 해결한 모용기를 쳐다보며 기가 차다는 얼굴을 했다.

다른 의미이긴 했지만 다른 이들의 시선 모두 마찬가지였다.

그러나 모용기는 여전히 그들에게 관심조차 주지 못했다.

모용기만이 느낄 수 있던 노도진의 거대한 존재감이 모용기의 이목을 묶어 버렸기 때문이다.

노도진을 쳐다보며 저도 모르게 식은땀을 주르륵 흘리던 모용기가 한순간 휙 몸을 날렸다.

"에라, 모르겠다!"

굳이 싸우고 싶지도 않았고, 싸운다고 이길 수 있다는 확신도 없었다.

피하는 것이 상책이다.

그러나 노도진은 모용기가 원하는 바를 이루도록 내버려 두지 않았다.

노도진이 이전처럼 가볍게 주먹을 뻗었다.

그와 동시에 허공을 가르려던 모용기의 신형이 뚝 떨어져 내렸다.

"제, 제길!"

제자리로 돌아온 모용기를 쳐다보며 노도진이 히죽 웃음을 보였다.

"누구 마음대로 가겠다고? 내가 허락도 안 했는데."

"내가 왜 당신 허락을 받아야 하는데? 내가 가고 싶으면 가는 거지!"

"그럼 가보든가. 여기 네가 지킬 사람이 많지 않나? 그러려고 온 것 아닌가?"

노도진의 시선이 주원종 등 일행을 한 바퀴 휙 훑었다.

그리고 제갈연을 마지막으로 그의 시선이 멎었다.

노도진의 시선을 느낀 제갈연이 흠칫 몸을 떠는 순간 모용기가 그 사이로 뛰어들었다.

모용기가 노도진을 노려보며 인상을 썼다.

"치사하게……."

"그러니까 제대로 해보자고. 그러면 될 것 아니야?"

"싫다고! 싫다니까! 당신이랑 안…… 으헛!"

순간 노도진이 주먹을 쭉 뻗어 냈다.

모용기가 기겁을 하며 검을 그었다.

무형의 권력과 검력이 중간에서 마주치며 퍽하는 타격음이 터져 나왔다.

그와 동시에 모용기가 비틀거리며 한 걸음 물러섰다.

"제, 젠장!"

힘에서 밀린 것이다.

노도진이 혀로 입술을 핥았다.

"아직은 부족한가? 저 영감보다 낫긴 한데, 그래도 아쉽군. 조금만 더 묵혀 줬으면 좋았을 뻔했는데……."

노도진이 진심으로 아쉽다는 얼굴을 했다.

한번은 모른 척할까 하는 마음이 고개를 쳐들었지만 당장은 그러기도 어려웠다.

일단 일을 맡은 이상 끝을 봐야 했기 때문이다.

노도진이 잔뜩 긴장한 모용기를 노려보며 주먹을 말아 쥐었다.

그 순간 담재선의 손길이 노도진의 어깨에 닿았다.

노도진이 얼굴을 찌푸리며 담재선을 돌아봤다.

"뭐야?"

담재선이 노도진을 딱딱한 얼굴로 쳐다봤다.

맞수라 생각했더니 그게 아니었던 탓이다.

그러나 그것은 나중의 문제다.

담재선이 어딘가를 향해 턱짓을 했다.

노도진이 의문이 어린 눈으로 담재선이 가리키는 방향을 따라가다가 얼굴을 찌푸렸다.

"이런…… 이젠 늦었나?"

그 순간 허공을 가르는 날카로운 호각 소리.

삐이이익 하는 소름 끼치는 소리가 노도진의 귓가에 틀어박혔다.

관이 움직인 것이다.

노도진이 모용기를 쳐다보며 중얼거렸다.

"운이 좋아. 아니지. 내가 운이 좋은 건가?"

그리고는 바닥을 콕 찍었다.

정무맹의 누군가가 반응하기도 전에 그의 신형이 순식간에 멀어졌다.

낙류장의 이마는 어느새 모습을 감춘 지 오래였고 담재선만이 홀로 그 자리를 지키고 있었다.

모용기와 시선을 맞추는 것을 마지막으로 담재선이 바닥을 툭 쳤다.

순식간에 정무맹의 담을 넘던 담재선이 한순간 두 눈을 동그랗게 떴다.

담장 위에서 작게 고개를 까딱거리는 제 딸을 발견했기 때문이다.

담재선이 입술을 지그시 깨물고는 다른 이들이 그랬듯

순식간에 자취를 감춰 버렸다.

그 뒷모습을 물끄러미 쳐다보던 담설이 나직이 한숨을
내쉬었다.

신공과 권마, 독왕은 전 세대를 대표하던 무인들이었다.

특히 신공과 권마는 정사양도에서 정점을 달리던 이들이
다.

정무맹을 뒤집어 놓기에 충분했다.

이전까지와는 정반대의 상황이 연출된 것이다.

철무한을 빌미로 정무맹의 주도권을 잡아 보려던 진산은
운신의 폭이 좁아졌고, 그중에서도 제갈공은 아예 움직일
수 있는 공간이 없어졌다.

제갈곡은 제 앞에서 묵묵히 입을 다문 채 차를 홀짝이는
제갈공을 쳐다봤다.

지금껏 쌓아 올린 것이 한순간에 무너져 속이 상당히 쓰
릴 터인데도 제갈공은 별다른 내색을 보이지 않았다.

생각보다 정신력이 강한 것이다.

그러나 제 형의 그런 점조차 마음에 들지 않는 제갈곡이
었다.

제갈곡이 쯧하고 혀를 차더니 목소리를 냈다.

"이제 어쩌실 겁니까?"

"무엇을 말이냐?"

"모르는 척하지 마시고 말씀해 보십시오. 이제 어쩌실 겁니까? 이 사태를 어떻게 수습하실 겁니까?"

다른 이들이라면 모를까 신공과 권마, 독왕의 앞에서 벌어진 일이었다.

어떻게 빠져나갈 여지조차 남지 않은 것이다.

강호에서 제갈세가가 움직일 수 있는 공간이 완전히 사라진 것이나 다름없었다.

그럼에도 제갈공은 여전히 별다른 동요를 보이지 않았다.

"내가 책임을 지면 되는 일이지."

제갈공의 담담한 목소리에 제갈곡이 와락 얼굴을 구겼다.

"지금 그걸 말이라고! 대체 어떻게 책임을 진다는……!"

"목소리 낮춰라. 그래도 내가 아직은 가주니까 말이다."

낮은 목소리일 뿐이었지만 제갈곡은 움찔 몸을 떨었다.

그러나 이내 작게 고개를 젓고는 후하고 한숨을 내쉬었다.

"죄송합니다. 일이 급해서…… 어쨌든 일은 해결해야 하니……"

"내가 책임을 진다고 했다."

여전히 같은 말만 반복하는 제갈공이었다.

제갈곡이 답답하다는 얼굴로 제갈공을 쳐다봤다.

"그러니까 어떻게 해결한단 말입니까? 신공이나 권마는 몰라도 독왕은……."

애초에 사파의 인물이었던 주원종은 말할 것도 없었고, 홀로 움직이던 단정순 역시 정무맹에 별다른 지분이 없었기 때문이다.

그러나 당명은 문제였다.

정무맹의 한 축을 담당하는 당가를 대표하는 인물이었기 때문이다.

그가 목소리를 높이면 제갈세가의 입장에서는 제법 큰 압박이 될 터.

그러나 제갈공은 여전히 별다른 걱정을 하는 기색이 아니었다.

"내가 가주직에서 물러나면 될 일이다. 그건 걱정할 것 없다."

제갈곡이 눈을 동그랗게 떴다.

"형님!"

제 형이 하는 짓이 마음에 드는 것은 아니었다.

오히려 저주하고 싶을 정도로 끔찍하게 싫었다.

그러나 작금의 결과를 바란 것은 아니었다.

제갈곡이 당황한 얼굴로 말을 더듬었다.

"꼭 그렇게까지……."

"그럼 다른 방안이 있느냐? 그렇다면 한번 고민해 보지."

시선을 들어 자신을 바라보는 제갈공의 모습에 제갈곡은 고개를 저을 수밖에 없었다.

이미 수차례 고민을 해 봤지만 별다른 방도가 없었던 게다.

그렇다면 다음 문제를 고민해 봐야 했다.

"그럼 누구에게……."

제갈곡의 조심스러운 질문에 제갈공이 제갈곡과 시선을 맞췄다.

"네가 해 보겠느냐?"

"그 무슨!"

제갈곡이 자리에서 펄떡 뛰듯 일어났다.

그런 생각은 해 보지도 않았고 억지로 맡긴대도 절대 사양이었기 때문이다.

제갈곡이 경기를 일으키는 듯하자 제갈공은 예상이라도 하고 있었다는 듯이 고개를 끄덕였다.

"그렇다면 산이에게 넘겨야겠군."

제 아들인 제갈산을 언급하는 제갈공이었다.

제갈곡이 떨떠름한 얼굴을 했다.

제갈공과 꼭 닮은 성정의 제갈산이 탐탁치 않았기 때문이다.

그러나 제갈곡은 곧 고개를 저어 잡념을 털어 냈다.

자신이나 제갈연이 특이하다 싶을 정도로 제갈세가의 사람들 대부분이 비슷한 성정을 지니고 있었기 때문이다.

제갈곡이 고개를 저었다.

'내가 신경을 쓸 일이 아니지.'

더 신경을 쓰고 싶지도 않았다. 진절머리가 났다.

원래부터도 그랬지만 이번 일을 겪고 나서는 그나마 남아 있던 혈육의 정마저도 완전히 끊어 내다시피 했던 것이다.

제갈곡이 자리에서 일어섰다.

"그럼 그렇게 알고 전 물러나겠습니다."

그 때 제갈공이 제갈곡을 쳐다봤다.

"그 전에……."

"하실 말씀이 남으셨습니까?"

제갈공이 고개를 끄덕이며 다시 목소리를 냈다.

"그 모용기라는 녀석 말인데…… 우리 연아에게 관심이 있는 건가? 보통 관계가 아닌 것 같던데."

제갈연을 우리 연아라고 지칭하는 제갈공의 모습에 제갈곡이 어처구니가 없다는 얼굴을 했다.

그러나 얼른 표정을 고치며 냉정한 얼굴로 목소리를 냈다.

"더는 관심을 두지 마십시오. 이미 형님의 손을 떠난 일입니다."

제갈곡이 냉기를 풀풀 날리며 장내를 벗어났다.

그 뒷모습을 물끄러미 쳐다보던 제갈공이 곧 찻잔을 다시 들었다.

이미 식어 버린 차는 언제나 그렇듯 쓴맛을 냈다.

쓰디쓴 차를 한 번에 비운 제갈공이 탁하고 찻잔을 내려놓았다.

그리고는 제갈곡이 있던 자리를 물끄러미 쳐다보며 중얼거렸다.

"그럴 수는 없지."

참룡
회귀록

斬龍回歸錄

斬龍回歸錄

73 章.

　　정무맹의 주요 인사들이 모조리 승룡각으로 몰려들었다.

　　그러나 당가의 무인들로 완전히 감싸진 승룡각은 전혀 문을 열어 주지 않았다.

　　힘으로 밀고 들어가자면 못할 것도 없었으나 누구 하나 그런 시도를 하지 못했다.

　　신공과 권마, 독왕이라는 별호가 주는 위압감에 모두가 짓눌린 탓에 자신들의 영역임에도 함부로 밀고 들어가지 못하는 것이다.

　　그러나 정무맹의 인사들은 승룡각으로 발길을 끊지 않았다.

　　어떻게든 연이라도 만들어 두려는 것이다.

창밖으로 그들의 모습을 지켜보던 주원종이 얼굴을 찡그렸다.

"배곯는 개새끼들도 아니고, 뭘 그렇게 얻어먹으려고 기웃거리는 건지 원. 하는 짓 보고는 뼈다귀 하나 던져 줄 마음이 없구만."

"그러게 말이야. 어쩌다 정무맹이 이 모양이 됐는지. 예전에는 적어도 부끄러움은 알고 살았는데……."

당명이 자신의 말에 맞장구를 치자 주원종이 당명을 힐끔 쳐다보며 말했다.

"그건 아니지. 예전이나 지금이나 부끄러움 모르는 건 마찬가진 것 같은데."

"이, 이놈이! 뭔 소리를 하는 게야? 적어도 그때는 지금이랑 달랐다고!"

"다르긴 무슨. 하는 짓이 똑같구만. 되도 않는 싸움질하면서 제 살 깎아 먹기 하는 거. 그 되도 않는 짓만 하지 않았어도 패천성이 저렇게 클 일은 없었겠지. 안 그런가?"

주원종의 말에 당명이 끙하고 앓는 소리를 냈다.

주원종의 말이 틀리지 않았기 때문이다.

정무맹의 내부 다툼이 아니었다면 흔히 사파라 불리는 이들이 패천성이라는 구심점을 갖기가 어려웠을 것이다.

가만히 입을 다무는 당명을 쳐다보며 주원종의 콧대가 높아졌다.

"거 봐, 내 말이 맞지? 아무 말도 못 하겠지?"

당명이 주원종의 시선을 피하며 한숨을 푹푹 내쉬었다.

예전이나 지금이나 전혀 변하지 않은 정무맹의 현실에 암담함이 느껴진 탓이다.

그래서 곤란하다는 얼굴을 하고 있는데, 그런 당명의 곤란함을 덜어 준 것은 여태껏 눈치만 보고 있던 소무결이었다.

소무결이 슬며시 둘 사이로 끼어들며 주원종에게 말했다.

"근데 할배."

"응? 왜, 이놈아?"

"다른 게 아니고, 왜 할배들 셋만 온 거야? 다른 할배들이나 할매들은? 같이 안 왔어?"

소무결이 창밖으로 멀리 정무맹 외부를 힐끔거렸다.

주원종이 눈살을 찌푸렸다.

"왜 우리만 온 게 불만이냐?"

"그럴 리가. 그게 아니라 셋이서만 온 게 이상해서 그러지. 다른 할배, 할매들은 안 온 거야?"

소무결이 기대에 찬 눈을 했다.

그러나 주원종이 고개를 저었다.

"안 왔다. 우리만 왔다."

"엥? 왜? 다 오지 않고?"

"사정이 있었다."

"사정? 무슨 사정인데?"

그러나 주원종은 더 대답해 줄 마음이 없었는지 고개만
저었다.

소무결이 어리둥절한 얼굴을 하는데 당소문은 제 할아비
를 쳐다보며 다른 질문을 했다.

"그런데…… 단 씨 할아버지께서 몸이 불편하신 것 같은
데, 어떻게 된 일입니까?"

단순히 불편하다는 말로는 부족했다.

일을 마치고 승룡각으로 들어서기 무섭게 기력이 다한
듯 그대로 드러누웠던 탓이다.

당명이 쓴웃음을 머금으며 고개를 저었다.

"나이가 있으니까. 곧 괜찮아질 게다."

그러나 이번에는 운현이 끼어들었다.

연신 걱정스럽다는 얼굴로 단정순이 머무는 곳을 힐끔거
리던 운현이 당명을 쳐다보며 말했다.

"단순히 노환으로 치기에는 좀…… 정말 무슨 문제라도
있으신 건 아니신지……."

주원종이 와락 얼굴을 구겼다.

"이놈 시키! 말하는 꼬라지하고는! 왜? 무슨 일이라도 있
었으면 좋겠느냐?"

운현이 냉큼 고개를 저었다.

"무슨 말도 안 되는…… 걱정돼서 하는 말인데……."

"걱정은 무슨. 그것보다 네놈들 앞가림이나 잘하거라. 잘 먹고 잘살라고 집에 보내 놨더니 이게 대체 무슨 꼴이냐? 어째 하는 짓마다 시끌벅적해서는……."

주원종의 핀잔에 운현은 한숨을 푹 내쉬었다.

그렇다고 할 말이 없는 것은 아니었다.

이 사단을 일으킨 원인에게 괜히 심술이 치솟았다.

운현이 불퉁한 얼굴로 철소화를 쳐다봤다.

철소화가 황당하다는 얼굴을 했다.

"왜? 왜 날 봐?"

"몰라서 물어? 네 오빠가 한 짓이잖아. 그러니까 널 보는 거지, 누굴 봐?"

"무슨 말도 안 되는! 그걸 왜 내가 덤터기 써야 하는 건데? 내가 하지도 않은 걸. 그렇게 억울하면 우리 오빠한테 가서 따져! 괜히 나한테 심술…… 어라?"

입을 삐죽 내밀고 투덜거리던 철소화가 한순간 시선을 돌렸다.

단정순이 머무는 방 안에서 누군가가 나서는 기척을 느낀 것이다.

철소화가 문 밖으로 나서는 담설을 확인하고는 쪼르르 걸음을 옮겼다.

"언니, 어떻게 됐어? 단 씨 할아버지는 좀 괜찮아?"

제 앞으로 다가선 철소화를 쳐다보며 담설이 어색하게 웃으며 고개를 끄덕였다.

"일단은 안정을 찾으신 건 맞는데……."

"일단은? 그럼 완전히 괜찮은 건 아니라는 말이네? 진짜 단 씨 할아버지 무슨 문제 있는 거야?"

말꼬리를 잘 잡는 철소화였다.

담설이 당명과 주원종을 힐끔거리며 곤란하다는 얼굴을 했다.

주원종이 담설의 시선을 받으며 고개를 끄덕였다.

"당가 놈 말대로 나이가 있으니까. 곧 괜찮아질 게다. 그보다……."

주원종이 담설의 얼굴을 뚫어져라 쳐다봤다.

주원종의 시선에 부담감을 느낀 담설이 주춤거리며 한 걸음 물러섰다.

"왜, 왜 그렇게……."

"왜긴 왜야? 곱상하게 생긴 것 같은데 얼굴에 뭘 그렇게 처덕처덕 발라 놨어? 무슨 비밀이 그렇게 많아서?"

주원종의 말에 담설이 움찔 몸을 떨었다.

철소화가 헤하고 입을 벌리며 담설을 쳐다봤다.

"어쩐지. 언니 그거 면구 같은 거야?"

"어? 그, 그게……."

"뭘 그렇게 당황하는 거야? 그냥 물어본 건데. 왜? 내가 벗어 보라고 하기라도 할까 봐?"

철소화가 헤실거리며 웃더니 고개를 저었다.

"내가 철이 없어도 그렇게까진 안 하니까 걱정은 접어 둬. 그보다 단 씨 할아버지한테 들어가 봐도 돼?"

"예? 예."

담설이 얼떨결에 고개를 끄덕였다.

철소화를 필두로 소무결 등이 우르르 방 안으로 몰려 들어갔다.

담설이 그들의 모습을 멍청하게 쳐다보고 있는데 당명이 어느새 다가와 목소리를 냈다.

"기아 놈이 네 의술이 제법이라더니…… 알아봤느냐?"

앞뒤가 빠진 말이었지만 그 의미를 알아듣기에는 무리가 없었다.

담설이 고개를 끄덕였다.

당명이 한숨을 푹 내쉬더니 담설의 어깨를 툭툭 두드렸다.

"그릇이 깨진 건 비밀이다. 우린 곧 돌아갈 테니까 괜히 걱정을 남길 필요는 없지."

당명이 어느새 주원종과 함께 소무결 등의 뒤를 따랐다.

그들의 뒷모습을 담설이 심란한 얼굴로 쳐다봤다.

하고 싶은 말이 있었지만 함부로 말을 꺼내기가 어려웠던 탓이다.

담설은 자신의 생각을 속으로만 삼켜야 했다.

'스승님이라면 고칠지도 모르는데……'

모용기의 말에 철무한이 황당하다는 얼굴을 했다.

"뭐, 뭐? 누구?"

"왜 들어 놓고도 모르는 척이야? 참룡대주라고, 참룡대주."

"하, 하지만 그건 너라고……"

"난 세 번째고."

모용기의 간단한 대꾸에 철무한이 어이가 없다는 얼굴로 헐하고 헛웃음을 흘렸다.

그러나 이내 두 눈을 부릅뜨며 목소리를 높였다.

"이 빌어먹을 자식아, 그 중요한 걸 왜 이제야 얘기해? 그런 건 미리 좀 말하라고."

"나라고 그 사람이 거기서 튀어나올 줄 알았겠냐? 그 인간은 왜 거기서 튀어나와서는…… 아, 이거 머리 아프네. 그 인간이 왜 거기 있는 거지?"

모용기가 머리가 아픈지 관자놀이를 꾹꾹 눌렀다.

그러나 아무리 머리를 굴려도 해답이 나오지 않았다. 애초에 노도진에 대해 아는 바가 너무 적었던 게다.

모용기가 골치가 아프다는 듯이 잔뜩 얼굴을 찌푸리고

있는데, 여태껏 물끄러미 쳐다보며 둘의 얘기를 듣고만 있
던 명진이 목소리를 냈다.

"그런데."

"응? 왜?"

"네가 세 번째 참룡대주고 두 번째는 노도진인가 하는
그 인간이면, 그럼 첫 번째는 누구지?"

의외의 부분에서 의문을 느낀 명진이었다.

모용기가 끙하고 앓는 소리를 내며 명진을 쳐다봤다.

모용기가 곤란하다는 듯한 모습을 보이자 명진이 고개를
갸웃거렸다.

"왜 그러지? 말할 수 없는 건가?"

"그건 아니고."

"그게 아니면 누구지? 첫 번째 참룡대주는?"

명진이 모용기를 뚫어져라 쳐다봤다.

명진의 끈질긴 시선을 고스란히 받아 낸 모용기가 한숨
을 푹 내쉬며 말했다.

"어차피 벌어질 일도 아니고…… 너네 사부."

"뭐?"

"뭘 그렇게 놀라? 너네 사부라고. 충허 진인. 그가 초대
참룡대주라고."

감정의 변화를 좀체 드러내지 않는 명진도 이번에는 제
법 놀란 듯 두 눈을 동그랗게 떴다.

철무한이 명진을 힐끔 쳐다보고는 그를 대신해 질문했다.

"참룡대주 자리가 네 녀석한테까지 전해졌다는 건……."

"맞아. 돌아가셨다고 들었어."

"그분 엄청 고수라고 하지 않았어? 네가 고수라고 할 정도면 적어도 할배, 할매들 정도는 될 것 같은데…… 아니지, 초대 참룡대주니까 노도진이라는 그 인간보다 더 강했던 것 아니야? 그런 고수가 어쩌다가……."

연이은 철무한의 질문에 모용기가 어깨를 들썩였다.

"그건 나도 모르고."

"그런 말이 어디 있어? 네가 모르면 누가 안다고?"

"나도 모른다니까. 내가 참룡대에 들어갔을 땐 이미 쟤네 사부가 없었다고. 보지도 못했는데 내가 어떻게 알아?"

"그럼 물어보기라도 했어야 할 거 아냐?"

"누구한테? 저 자식이 두 눈 똑바로 뜨고 있는데 얘기해 줄 인간이 있겠냐? 그렇다고 저 자식이 나한테 얘기해 준 것도 아니고. 나도 궁금해서 저 자식한테 몇 번 물어봤는데 답도 없었다고."

모용기가 뚱한 얼굴로 명진을 쳐다봤다.

명진이 머쓱한지 슬며시 시선을 돌렸다.

철무한이 둘을 번갈아 가며 쳐다보다가 한숨을 내쉬며 말했다.

"그래서 이제 어쩔 거야?"

"글쎄…… 일단 알아보긴 해야 할 것 같은데……."

그 당시에는 별 생각이 없었는데, 이제야 노도진이 떠나기 전 남긴 말이 마음에 걸리기 시작했다.

조금 더 자세히 물어볼걸 하는 후회가 들었다.

'아니면 그 인간 잡아 두고 조금이라도 더 캐물을 걸 그랬나?'

그러나 당장은 실현 불가능한 일이다.

제대로 힘을 쓰지도 않은 단 한 번의 충돌이었지만, 지금의 자신으로는 그를 제어할 방법이 없다는 것을 어렵지 않게 알아차린 것이다.

'노도진이 안 되면 충허 진인이라도 만나 봐야 하나?'

충허에게 생각이 미친 모용기가 명진을 쳐다봤다.

명진이 떨떠름한 얼굴로 목소리를 냈다.

"왜 그렇게 보는 거지?"

"아냐, 아무것도. 그보다……."

모용기가 짧게 고개를 저어 상념을 털어 냈다.

그리고는 시선을 들어 어딘가를 쳐다봤다.

한 박자 늦게 모용기와 같은 것을 느낀 철무한과 명진이 그의 시선을 따라갔다.

철무한이 고개를 갸웃거렸다.

"누구지?"

기척이 무거운 걸로 봐서는 고수는 아니었다.

그렇다고 하급 무사로 치부하기에는 무리가 있었다.

지금의 승룡각에는 아무나 접근할 수 없었기 때문이다.

철무한이 모용기를 쳐다봤다.

누군지 아느냐고 묻는 눈치였다.

모용기가 픽 웃음을 보이더니 크게 기지개를 펴며 자리에서 일어섰다.

"웃차! 안 그래도 한번 찾아가려고 했는데 빨리도 오네."

"누군지 알아?"

"몰라서 물어? 지금 이 판국에 날 찾을 인간이 누구겠냐? 머리 좀 써라, 자식아."

모용기의 핀잔에 철무한이 눈살을 찌푸렸다.

그러나 이제는 한껏 가까워진 기척에 더는 모용기와 투닥거릴 수도 없었다.

철무한이 시선을 돌리자 어느새 모습을 드러낸 황권이 딱딱한 얼굴로 모용기를 쳐다보고 있었다.

모용기가 황권을 향해 히죽 웃으며 손을 들었다.

"황 원주님, 오랜만."

예전보다 더 예의를 차리지 않는 모용기의 태도에 황권이 얼굴을 찌푸렸다.

그러나 아쉬운 것은 자신이다.

황권이 후하고 한숨을 내쉬며 속으로 화를 삭이고는 모

용기를 다시 쳐다봤다.

"따라와라."

"응? 나요?"

"그렇다."

"왜요?"

짧은 말투로 이유를 묻는 모용기의 태도에 다시 한 번 짜증이 치솟는 황권이었다.

그러나 이번에도 꾹 눌러 담을 수밖에 없었다.

"맹주님께서 찾으신다. 가자."

최대한 참고 참은 것이지만 완연한 명령조의 말투는 고쳐지지 않았다.

모용기는 별다른 기색을 내비치지 않았지만 철무한은 달랐다.

철무한이 조금은 삐딱한 얼굴로 황권을 쳐다봤다.

"뭐가 저렇게 뻔뻔하지? 내가 너희들을 먼저 만났기에 망정이지, 그렇지 않았으면 정무맹 인간들은 다 저렇게 뻔뻔한 줄 알았을 것 같은데? 어째 부끄러움도 모르는 것 같고."

"이놈! 네놈이 정말 죽고 싶은 것이냐! 감히 여기가 어디라고!"

황권의 얼굴이 순식간에 달아오르며 빠드득 이를 가는 소리가 들려왔다.

그러나 철무한은 별다른 감흥이 없는 눈으로 황권을 쳐다봤다.

그리고는 무언가 중얼거리려는 것을 모용기가 손을 들어 제지했다.

철무한이 얼굴을 찌푸리며 모용기를 쳐다봤다.

"왜?"

"가서 무결이한테 홍 방주님 맹주전으로 모시라고 전해줄래?"

"이 자식이 진짜! 내가 네 심부름꾼이야? 틈만 나면 부려 먹으려고 들어?"

이미 기분이 상해 있던 철무한은 나오는 말이 곱지가 않았다.

철무한과 다툴 생각이 없었던 모용기가 시선을 돌려 명진을 쳐다봤다.

명진이 고개를 끄덕이더니 신형을 돌렸다.

일을 마친 모용기가 철무한의 어깨를 툭툭 두드렸다.

"머리 좀 식혀. 아니면 할배들한테 가 있든가."

그리고는 여전히 못마땅하다는 기색이 역력한 철무한을 지나쳐 황권에게 다가갔다.

황권 역시 못마땅하다는 얼굴로 모용기를 쳐다봤다.

"맹주님은 너만 보시겠다 하셨다."

황권에게는 여전히 고마운 감정이 앞서는 모용기였다.

그러나 이번만큼은 그 감정을 한쪽 구석으로 밀어 둬야 했다.

황권을 대하는 모용기의 눈에서 처음으로 호의가 사라졌다.

"그걸 정하는 건 맹주님이 아니죠. 적어도 지금은."

그리고는 철무한에게 그랬듯 이번에도 황권을 지나쳐 타박타박 걸음을 옮기는 모용기였다.

그 뒷모습을 한동안 노려보던 황권이 결국은 후하고 한숨을 내쉬더니 모용기의 뒤를 따랐다.

"와…… 이거 맛있네."

비싼 가격 탓에 평소에는 접하기 힘든 것이 용정차다.

신선한 난향에 독특한 맛을 지닌 것과는 어울리지 않게 목 넘김이 부드러웠다.

역시 맹주전에서 나오는 것이라 그런지 제법 상품이라 여겨졌다.

모용기가 연신 감탄사를 내뱉었다.

그 모습을 본 홍소천이 저도 모르게 눈살을 찌푸렸다.

"이놈아, 사람을 불렀으면 용건을 말해야지."

불편한 자리에 불러 놓고 시간을 끄는 모용기가 못마땅

한 홍소천이었다.

그것은 진산 역시 마찬가지였다.

서로가 반갑지 않은 진산과 홍소천.

서로가 서로를 떨떠름한 눈으로 쳐다보는 가운데, 그 사이에 낀 모용기만이 헤실거리며 웃는 것이 마음에 들지 않는 것이다.

용정차에 정신이 팔려 있던 모용기가 딱하고 손가락을 튕기더니 그제야 시선을 들었다.

"아, 맞다. 일단 일부터 처리해야지."

그리고는 여전히 불편한 얼굴을 하고 있는 홍소천과 진산을 번갈아 가며 쳐다봤다.

그러나 이번 일의 주된 목표는 어디까지나 진산이다.

모용기가 진산에게 시선을 돌리며 말했다.

"맹주님."

모용기의 부름에 진산이 모용기를 쳐다봤다.

애써 누르려는 기색이 역력했지만 진산의 얼굴은 어딘가 못마땅해 보였다.

모용기와 은밀히 만나 거래를 하려 했지만 모용기가 홍소천을 불러 그럴 가능성을 애초에 차단해 버린 탓이다.

그러나 어디까지나 자신이 약자의 입장이다.

자신의 처지를 잘 아는 진산이 떨어지지 않는 입술을 억지로 떼며 목소리를 냈다.

"말하거라."

진산의 허락이 있자 모용기가 고개를 끄덕였다.

그리고는 바로 본론을 꺼내 들었다.

"숨만 쉬고 사세요."

"뭐라?"

짧은 말이었지만 그 의미는 명확했다.

진산의 얼굴이 와락 구겨졌다.

모용기는 여전히 웃음기가 가득한 눈으로 진산과 시선을 맞추며 말을 이었다.

"제 말이 어려운가요? 그렇지 않을 텐데? 맹주님이라면 쉽게 알아들으실 텐데?"

"이놈이! 그걸 지금 말이라고!"

진산이 시뻘겋게 달아오른 얼굴로 자리에서 벌떡 일어서려 했다.

그 순간 모용기가 자신의 앞에 놓인 찻잔을 손가락으로 딱하고 튕겨 냈다.

쉭하는 소리가 들리더니 모용기와 진산을 잇는 긴 선이 그어졌다.

진산이 이를 으드득 갈며 모용기가 날린 찻잔을 낚아챘다.

"이놈! 고작 이런 잔재주를…… 어?"

그러나 진산은 끝까지 말을 잇지 못했다.

찻잔 안에 담겨 있던 용정차가 한 박자 느리게 훅하고 튀어 오르며 진산의 얼굴을 덮친 탓이다.

착하는 소리와 함께 한순간에 얼굴이 젖은 진산이 멍청한 얼굴을 했다.

모용기가 어느새 차가운 눈으로 진산을 노려보며 목소리를 냈다.

"앉으세요."

기묘한 위압감에 짓눌린 진산의 몸이 저도 모르게 반응하려 했다.

그러나 이내 정신을 차린 듯 주춤하더니 모용기를 노려보며 목소리를 냈다.

"네놈! 정녕 죽고 싶은……!"

"진가장."

그러나 이번에는 모용기의 말 한마디가 그의 입을 다물게 했다.

딱딱한 얼굴을 하고 있는 진산과 시선을 맞추던 모용기가 다시금 진산의 의자를 향해 눈짓을 했다.

"앉으세요. 싸우자고 온 것 아니니까."

모용기의 눈짓에 진산이 빠드득 이를 갈았다.

그러나 결국은 모용기의 말에 따를 수밖에 없는 진산이었다.

순순히 자신의 말을 따르는 진산을 보며 고개를 끄덕인

모용기가 그제야 홍소천을 쳐다봤다.

"맹주님께서 숨만 쉬고 살겠다는데요?"

직접적인 대답은 없었지만 자신의 말을 따른 것 자체가 곧 체념이라는 것을 알아차린 모용기였다.

그리고 같은 것을 본 홍소천은 어딘가 모르게 씁쓸함을 머금은 얼굴이었다.

그러나 홍소천은 이내 고개를 저었다.

지금은 마음을 독하게 먹어야 할 때다.

"그렇구나."

홍소천마저 동의의 뜻을 내비치자 모용기는 그제야 자리에서 일어섰다.

홍소천이 모용기를 쳐다봤다.

"끝까지 지켜보고 있지 않고?"

"네가 그것을 봐서 뭐 해요? 방주님이 잘 알아서 하시겠죠. 다만."

모용기가 마지막으로 진산을 힐끔거렸다.

인연이든 악연이든 딱 한 번만 기회를 주려는 것이다.

"맹주님이 그렇게 나쁜 사람은 아니니까 딱 한 번만 사정을 봐주시지요."

"부탁이냐?"

"그렇습니다."

"그렇게 하지. 그럼 이제 승룡각으로 돌아갈 것이냐?"

모용기가 고개를 저었다.

"아직 해결해야 할 것이 남아서요."

"해결해야 할 것?"

홍소천의 두 눈이 의문을 품었다.

그러나 어딘가를 향하는 그의 눈초리에 홍소천이 고개를 끄덕였다.

"제갈이로군. 적당히 해. 어디까지나 연아 고 녀석 본가니까."

모용기는 대답 대신 눈웃음을 보이더니 한순간 획하고 장내에서 사라졌다.

그의 기척을 전혀 잡아낼 수가 없었던 홍소천은 쩝하고 입맛을 다셨다.

그리고는 모용기의 움직임에 넋을 놓고 있는 진산의 시선을 억지로 잡아끌었다.

"이제 얘기 좀 합시다, 맹주."

"이걸 진짜 질러, 말아?"

제갈연이 당한 일을 생각하면 당장이라도 뛰어들어 살을 벗기고 뼈를 뽑아내고 싶은 심정이었다. 그러나 머리와는 달리 발걸음은 한없이 무거웠다.

제갈세가의 사람이라고 어려운 것이 아니다. 제갈연이 어떻게 받아들일지 걱정이 되는 것이다.

아무리 호된 일을 겪었더라도 핏줄을 잘라 내기란 쉽지가 않다.

그것이 모용기가 군사전을 눈앞에 두고 서성거리는 이유였다.

"그렇다고 연아한테 물어볼 수도 없고."

아픈 상처는 후벼 파는 것이 아니다.

그대로 묻어 두는 것이 가장 좋다.

"그냥 내버려 둘 수도 없고…… 아, 이거 어렵네."

고민이 깊어질수록 머리가 아파 왔다. 모용기가 머리를 벅벅 긁다가 문득 고개를 돌렸다.

반가운 기척에 자연스레 입가에 미소가 걸렸다.

아니나 다를까 제갈연이 하늘거리는 걸음걸이로 모습을 드러냈다.

"어? 모용 공자……."

그러나 제갈연이 자신을 부르는 호칭에 입술을 삐죽거리는 모용기였다.

"뭐야? 다른 녀석들은 이름도 잘만 부르더니."

"아, 그건……."

"아, 그건이 아니고, 언제까지 그렇게 부를 건데? 이제 적당히 좀 하지?"

여전히 거리를 두는 듯한 제갈연이 못마땅한 모용기였다.

그러한 모용기의 기색을 눈치 챈 제갈연이 조심스러운 얼굴로 그를 쳐다봤다.

"그, 그럼 뭐라고……."

"그냥 이름 불러."

"하, 하지만……."

"왜? 싫어? 그럼 상공?"

모용기가 장난기가 가득한 얼굴로 제갈연을 쳐다봤다.

제갈연이 미미하게 얼굴을 찌푸리는가 싶더니 단호한 얼굴로 대꾸했다.

"이름 부를게요."

모용기가 아쉽다는 투로 쩝하고 입맛을 다셨다.

그러나 이내 고개를 휘휘 젓고는 그녀에게 용건을 물었다.

"그런데 여긴 어쩐 일이야? 무슨 볼일이라도 있어?"

"숙부님이 부르셔서……."

"숙부? 군사님?"

"예. 숙부님이 부르셨어요."

"군사님이 무슨 일로? 아니, 그보다 편하게 말하라니까."

"그, 그게…… 아직 입에 안 붙어서……."

"그러니까 지금부터 입에 붙여 보라고. 내 이름 한번 말해 봐."

"어? 저, 저기……."

모용기의 재촉에 제갈연이 당황스럽다는 얼굴을 했다.

그러나 기회를 잡은 모용기는 쉽게 물러날 기미를 보이지 않았다.

모용기의 눈길을 받으며 곤란하다는 얼굴을 하던 제갈연은 한순간 시선을 돌렸다.

멀리서 제갈곡이 나타나자 그제야 안도의 한숨을 내쉰 제갈연이 제 숙부에게 쪼르르 달려갔다.

"숙부님!"

"왔느냐? 그보다 저 친구는……."

모용기를 알아본 제갈곡이 눈짓을 했다.

그 눈길을 따라 모용기를 쳐다본 제갈연이 그제야 의문을 품었다.

"어? 그러고 보니 모용 공자는 여기 어쩐 일이에요?"

몇 번을 다그쳐도 말투가 쉽게 변하지 않는다.

모용기가 나직이 한숨을 내쉬고는 고개를 저었다.

"됐다, 됐어. 시간이 해결해 주겠지."

"예? 그게 무슨……."

"됐다니까. 그보다, 그간 잘 지내셨어요?"

"나야 잘 지냈다만, 자네가 여긴 어쩐 일인가?"

안부를 묻는 말에 용건을 묻는 말로 되돌려 주는 제갈곡이었다.

그만큼 지금의 모용기는 부담스러웠다.

가문의 일을 해결해야 하는 자리였기 때문이다.

혹시 모용기가 함께하기라도 한다면 곤란한 상황이 벌어질 것이다.

그러한 제갈곡의 심정을 아는지 모르는지 모용기가 히죽 웃더니 제갈연을 힐끔 쳐다봤다.

"저야 뭐……."

간단한 몸짓에 불과했지만, 그 안에 담긴 모용기의 의도를 눈치 챈 제갈곡이 미간을 좁혔다.

우려하던 일이 벌어진 것이다.

"가문의 일일세. 외인이 끼는 것은……."

제갈곡이 운을 떼자 그제야 모용기가 군사전을 찾은 이유를 알아챈 제갈연이 눈매를 좁히며 모용기를 쳐다봤다.

"어? 모용 공자, 혹시……?"

"맞아. 네 아버…… 아니, 제갈 가주 좀 보려고."

다분히 적의가 느껴지는 말투였다.

"어? 그건……."

가뜩이나 하얀 제갈연의 얼굴에서 핏기마저 쏙 빠져나갔다.

불안해하는 그녀의 모습에 조금은 미안한 감정이 들기도 했지만 모용기는 독하게 마음을 먹었다.

한 번은 짚고 넘어가야 할 문제였기 때문이다.

그런 모용기의 기색을 읽은 제갈곡이 한숨을 내쉬며 말했다.

"우리 가문의 일일세. 자네가 낄 자리가 아니야."

모용기가 제갈연의 팔을 잡아끌어 제 옆에 세웠다.

"어? 어?"

당황하는 제갈연을 향해 부드럽게 미소를 보인 모용기가 조금은 딱딱한 얼굴을 하며 제갈곡을 쳐다봤다.

"같은 꼴을 또 볼 수는 없습니다. 그땐 제가 제정신이 아닐 것 같아서요. 그나마 이성이 남아 있을 때 일을 매듭짓는 것이 제갈세가의 입장에서도 좋을 텐데요."

절대로 물러서지 않겠다는 모용기의 완고함에 제갈곡이 한숨을 푹 내쉬며 말했다.

"꼭 그렇게까지 해야겠는가? 어디까지나 연아의 아버지일세. 그리고 우리 가문의 가주이기도 하고. 자칫 연아가 가문에서 설 자리가 없어질지도 모를 일인데……."

"제가 뭐 칼질하겠다는 것도 아니잖아요. 그리고 제갈세가에 자리가 없어지면 우리 집에 자리 비워 둘 테니까 걱정하지 않으셔도 됩니다."

"뭐?"

"예?"

제갈곡과 제갈연이 동시에 눈을 동그랗게 뜨고 모용기를 쳐다봤다.

모용기가 히죽 웃음을 보이더니 그대로 등을 보였다.

"가죠."

제갈연을 마주한 제갈공은 별다른 감흥이 없는 얼굴이었다.

딱히 이렇다 할 사과도 하지 않은 채 아무 일도 없었다는 듯이 평상시와 같은 얼굴로 침착함을 유지하고 있었다.

반면 제갈연은 잔뜩 주눅이 든 얼굴로 고개를 푹 숙이고 있었다.

제갈곡 역시 이 일을 어떻게 풀어 나가야 할지 갈피를 잡지 못하는 낌새였다.

제각각의 얼굴을 한 그들이 마주한 곳에서는 숨 막힐 듯한 정적이 흘렀다.

세 사람이 마주한 자리에서 한 걸음 떨어진 모용기는 팔짱을 낀 채 벽에 기대고 서서 상황을 주시했다.

그러나 제법 시간이 지났음에도 상황의 변화가 없는 그들의 모습에 지루하다는 듯 하품을 쩍쩍하다가 결국은 참지 못하고 팔짱을 풀고 말았다.

모용기가 제갈연의 옆으로 다가가 그녀의 어깨에 턱하고 손을 올렸다.

"고개 들어. 네가 뭐 잘못했어?"

"어? 모용……."

"그놈의 공자 소리는 그만하라니까."

모용기가 전과 같이 입술을 삐죽거리자 제갈연이 조심스러운 얼굴로 제갈공의 눈치를 봤다.

그러나 이전과 같이 딱딱하게 굳어 있는 태도가 아닌 조금은 풀어진 모습이었다.

목적을 달성한 모용기가 작게 미소를 보이더니 자신을 쳐다보고 있는 제갈공과 시선을 마주할 때는 한없이 차가운 눈을 했다.

"아저씨."

모용기의 목소리에 제갈연과 제갈곡이 동시에 움찔 몸을 떨더니 그를 향해 시선을 모았다.

그리고 제갈공 역시 미간을 좁혔다.

"아저씨?"

"왜? 불만이세요? 그럼 뭐라고 불러 드릴까? 제갈가주? 연아네 아버님?"

평상시보다 더 건들거리는 모용기의 태도에 제갈공의 얼굴이 찌푸려지다 못해 완전히 일그러졌다.

"버릇이 없구나."

"버릇? 아닌데. 나 버릇 엄청 잘 들었는데? 아니었으면 아저씨가 지금 내 앞에서 숨 쉬고 있을 줄 알았어요? 벌써 토막

내서 어디다 묻어 버렸지."

"이, 이노…… 엇!'

벌컥 화를 내려 목소리를 내던 제갈공이 한순간 딱딱하게 굳어 버렸다.

시뻘건 기운이 맴돌며 살기로 번들거리는 모용기의 두 눈.

그것을 마주한 제갈공이 흡사 뱀을 목전에 둔 개구리처럼 완전히 굳어 버린 것이다.

그리고 그 상황을 알아본 제갈연과 제갈곡이 동시에 목소리를 냈다.

"모용 공자!'

"자네!'

그러나 그들의 만류도 모용기를 멈추게 하지 못했다.

한번 시작한 이상 끝을 보는 게 중요했다.

그러지 않으려면 애초에 시작을 말아야 한다.

모용기가 여전히 살기가 감도는 눈으로 제갈공을 쏘아보며 말을 이었다.

"아저씨가 말해 봐. 내가 어떻게 해 드릴까요? 그냥 모른 척하기에는 너무 멀리 온 건 아저씨도 잘 알 테고. 한번 말해 봐요. 원하는 대로 해 드릴 테니까."

그러나 제갈공은 쉽사리 목소리를 내지 못했다.

수없이 많은 전투를 겪으며 완성된 모용기의 살기.

타 세가 가주에 비해 무공의 수준이 떨어지는 제갈공으로서는 그것을 온전히 받아 내는 것이 힘겨웠기 때문이다.

그러나 식은땀만 뻘뻘 흘리며 입을 다물고 있을 수만도 없는 노릇.

어디까지나 자신은 제갈세가의 가주였다.

꺾이더라도 굽혀서는 안 된다.

제갈공이 혀끝을 꾹 깨물었다.

따끔한 통증과 함께 입안에서 비릿한 맛이 돌기 시작하자 그제야 정신이 번쩍 들었다.

제갈공이 모용기의 살기에서 간신히 벗어나며 이를 갈았다.

"네놈이 이러고도 무사할 성싶으냐?"

여전히 힘겨워 보이기는 하지만 자신의 살기를 받아 내는 제갈공의 모습에 모용기가 의외라는 얼굴을 했다.

그 순간 제갈공을 향하던 살기가 씻은 듯이 사라졌다.

"헉!"

제갈공이 막혀 있던 숨통을 틔우기라도 하듯 거칠게 숨을 내뱉었다.

제갈곡과 제갈연이 제갈공을 향해 동시에 손을 뻗었다.

"형님!"

"아버…… 어?"

그러나 제갈연의 자그마한 손은 중간에서 턱 막히고 말았다.

모용기가 어느새 그녀의 손목을 낚아챘기 때문이다.

"모용 공자?"

당황하는 제갈연을 향해 고개를 저은 모용기는 다시금 제갈공에게로 시선을 돌렸다.

쿨럭거리며 숨통을 틔우는 것에 열중하던 제갈공의 두 눈에 초점이 잡힌 것은 제법 시간이 지난 후였다.

제갈곡이 제 형의 등을 계속 쓰다듬었다.

"괜찮으십니까?"

"되었다."

그러나 냉정하게 제 동생의 손길을 물리치는 제갈공이었다.

제갈공이 독기가 가득한 눈으로 모용기를 쳐다봤다.

제 아비의 눈빛에 안절부절못하는 제갈연과는 달리 모용기는 전혀 변함이 없었다.

"원래라면 눈을 뽑아 버렸을 텐데……."

그러나 그 정도의 협박이 먹힐 단계는 지나갔다.

제갈공이 모용기를 씹어 먹을 듯한 눈으로 쳐다보며 으르렁거렸다.

"네놈이 제갈세가와 한바탕해 보겠다는 것이냐?"

"혀, 형님!"

"아버…… 어?"

그러나 제갈연을 이번에도 제 말을 끝마치지 못했다.

자신을 이끄는 모용기의 손길에 어느새 그의 등 뒤로 물러난 제갈연이었다.

제갈연이 당황한 얼굴을 하다가 얼른 정신을 차리며 모용기의 손을 떨쳐 내려 했다.

"모용 공자, 이러지……."

그러나 이번에도 모용기가 한발 빨랐다.

"진심이세요? 나랑 한번 해보겠다는 거?"

제갈곡이 더는 참을 수 없다는 듯이 자리에서 벌떡 일어섰다.

"자네 정말 이러……!"

그러나 제갈곡은 일어서던 자세 그대로 딱딱하게 굳어 버린 채 눈알만 데굴데굴 굴렸다.

어느새 모용기가 탄지심통의 수법으로 그의 혈을 잡은 것이다.

그와 동시에 제갈연 역시 딱딱하게 굳어진 자세로 눈동자를 불안하게 떨기 시작했다.

모용기에게 혈을 잡힌 것은 그녀 역시 마찬가지였던 게다.

모용기가 제갈연을 돌아보며 웃음을 보였다.

"미안. 잠깐이면 돼."

그리고는 제갈공의 앞으로 다가가 양손으로 탁자를 턱 짚으며 상체를 숙여 제갈공과 눈높이를 맞췄다.

"자신 있으세요? 나를 상대하는 거?"

제갈공이 이를 빠드득 갈며 씹어뱉듯이 말했다.

"건방지구나."

"건방? 내가? 아니죠. 아저씨가 건방진 거죠. 제갈세가로 나를 상대하려는 걸 보면 건방이 아주 하늘을 찌르는데?"

"이, 이노…… 윽!"

큰 소리로 호통을 치려던 제갈공이었으나, 그는 뜻을 이루지 못한 채 의자에 엉덩이를 붙일 수밖에 없었다.

모용기가 어느새 손을 써 그의 어깨를 짓누르고 있었기 때문이다.

잔뜩 얼굴을 찌푸린 제갈공을 향해 모용기가 마지막으로 경고를 날렸다.

"건드리지 말아요. 군사님이든 연아든. 경고는 딱 한 번입니다. 그게 아니면……."

모용기가 어딘가를 향해 손을 뻗었다.

한 자루 검이 검집에서 뽑혀 나와 모용기의 손으로 스르륵 빨려 들어갔다.

단정순이 보여 줬던 허공섭물의 수법이다.

제갈공이 어깨를 짓누르는 무게도 잊은 채 두 눈을 부릅떴다.

"네, 네놈이 어찌……!"

그러나 모용기는 그의 말에 대구를 할 필요성을 느끼지

못한 채 제 말만 남겼다.

"잊지 마세요. 딱 한 번입니다."

얼마 움직인 것 같지도 않은데도 벌써 해가 졌다.

군데군데 밝혀진 횃불에 의지해 걸음을 옮기던 모용기는 문득 시선을 내려 나란히 보조를 맞추고 있는 제갈연을 쳐다봤다.

제갈연은 고개를 푹 숙인 채 어딘가 가라앉아 보이는 분위기를 풍겼다.

모용기가 머쓱한 얼굴로 뺨을 긁적였다.

'조금 살살할 걸 그랬나?'

약간은 후회가 되기도 했지만 잠시뿐이다.

모용기가 들었던 제갈공은 언제든 마음을 고쳐먹을 수 있는 인물이었기 때문이다.

좋게 말하면 시류에 밝은 것이지만 나쁘게 말하면 그만큼 믿을 수 없다는 뜻.

'사실 이 정도로도 부족하지.'

제갈연이 함께한 자리가 아니었다면 좀 더 강하게 몰아쳤을 터다.

그러지 못한 것에 아쉬움이 남았지만 차마 제갈연의

앞에서는 티를 낼 수 없었다.

그저 난감하다는 얼굴로 제갈연을 내려다보는 것이 모용기가 할 수 있는 전부였다.

그 때 제갈연이 시선을 들어 모용기와 눈길을 맞췄다.

제갈연은 조금 어두웠던 얼굴을 고치며 목소리를 냈다.

"왜 그래요?"

"응? 뭘?"

"아니, 계속 쳐다보길래……."

"아…… 그거?"

조금은 제갈연의 눈치를 보는 듯한 모습으로 대꾸하는 모용기.

그런 그의 얼굴을 물끄러미 쳐다보던 제갈연이 풋하고 작은 웃음을 터트렸다.

모용기가 의아하다는 얼굴을 했다.

"왜 웃어?"

"그렇잖아요. 아버지 앞에서는 협박도 잘하더니 제 앞에서는 눈치를 보는 게."

제갈연의 말에 모용기가 머쓱한 얼굴을 했다.

그리고는 슬그머니 시선을 틀며 헛기침을 내뱉었다.

"험험, 내가 눈치를 보는 게 아니고……."

"그럼 뭔데요? 계속 힐끔거리기나 하고."

"어? 알고 있었어?"

"그럼요. 저도 이제 기감이 제법이라고요. 기감만 따지면 무일이보다 제가 나을걸요?"

단정순으로부터 일양공을 배우는 과정에서 육경사의 독을 모조리 흡수한 제갈연이다.

절대적인 내력에서는 임무일에 미치지 못하지만 일양공 덕에 내력의 수발은 오히려 더 자유로웠다.

그런 그녀가 모용기의 시선을 놓칠 리가 없었다.

모용기가 고개를 모로 틀며 제갈연을 내려다봤다.

"그런데 왜 모른 척했어?"

"아…… 모른 척한 게 아니고 다른 생각을 좀 하느라……."

"다른 생각?"

굳이 답을 듣지 않아도 무슨 생각일지 감이 잡혔다.

억지로 얼굴을 밝히려는 제갈연을 물끄러미 내려다보던 모용기는 예전처럼 제갈연의 머리 위에 손을 턱 얹었다.

"어?"

잠시 당황한 얼굴을 하던 제갈연이 이내 얼굴을 찡그리며 모용기의 손을 탁 쳐냈다.

"내가 머리 만지지 말라고 했죠!"

그러나 이번에는 모용기도 물러서지 않았다.

잠시 허공으로 떠오르는 듯하던 모용기의 손이 다시 제갈연의 머리 위에 얹어졌다.

제갈연이 앙칼진 눈으로 모용기를 쳐다봤다.

"아, 진짜! 하지 말라니……!"

"미안."

"어?"

모용기의 목소리에 제갈연이 눈을 동그랗게 떴다.

모용기가 슬며시 제갈연의 눈길을 피하며 계속 말을 이었다.

"내가 그러고 싶어서 그런 게 아니라, 적당히 해서는 또 같은 일이 반복될 것 같아서……."

무슨 말인지 안다.

제갈연의 눈매가 스르륵 풀렸다.

그러나 그것도 잠시, 다시금 모용기의 손을 탁하고 쳐내는 제갈연이었다.

"알았으니까 내 머리에 손대지 말라고요. 왜 자꾸 머리를 만져요?"

"어? 그게…… 야, 지금 머리가 중요해?"

"난 중요해요. 그러니까 머리 만지지 말아요. 알았어요?"

그리고는 흥하고 코웃음을 치며 걸음을 옮기는 제갈연이었다.

쩝하고 입맛을 다시던 모용기가 이내 제갈연의 뒤를 따르려 했다.

"야, 같이…… 어?"

"왜 그래…… 어?"

걸음을 멈춘 채 어딘가를 쳐다보는 모용기를 돌아보던
제갈연이 그와 같은 것을 느꼈는지 같은 방향을 쳐다봤다.

둘의 시선이 같은 곳을 향하자 조금 시간이 지난 후 부스
럭거리는 소리가 들리더니 조금은 무거워 보이는 얼굴의
백운설이 모습을 드러냈다.

모용기가 작게 한숨을 내쉬더니 이내 예전처럼 히죽 웃
으며 손을 들었다.

"오랜만."

그러나 백운설은 대답이 없었다.

여전히 무거운 얼굴 그대로였다.

그 사이에 끼어 두 사람을 번갈아 가며 쳐다보던 제갈연
이 결국은 모용기를 쳐다봤다.

"저 먼저 갈게요."

"어? 그, 그래."

모용기가 얼떨결에 고개를 끄덕였다.

멀어지는 제갈연의 뒷모습을 물끄러미 쳐다보던 백운설
은 그녀가 완전히 모습을 감춘 후에야 모용기에게 다가왔
다.

"우리 얘기 좀 할까?"

백운설은 예전과 같았다.

그때와 같이 별다른 말없이 발밑의 돌부리만 툭툭 걸어 찼다.

달라진 것이 있다면 모용기였다.

예전과는 다르게 백운설을 재촉하지 않고 물끄러미 쳐다 보기만 했다.

그런 모용기의 변화를 백운설이 알아챈 것은 제법 시간 이 지난 후였다.

백운설이 시선을 들며 모용기를 쳐다봤다.

"이번에는 재촉 안 해?"

"뭐가?"

"지난번엔 그랬잖아. 할 말 있으면 빨리 하라고."

백운설의 말에 모용기가 가볍게 웃음을 보이며 말했다.

"그때와 지금은 입장이 다르니까."

그때는 불편했지만 지금은 더 이상 그렇지 않았다.

더 이상 백운설에게 기대하는 부분이 없었기 때문이다.

조금이라도 달라진 부분이 있었다면 모를까, 그녀는 예 전이나 지금이나 마찬가지였다.

자신과 함께 걸을 이가 아니었다.

그러나 모용기의 생각을 알아채지 못한 백운설은 의문이

가득한 얼굴로 대답을 요구했다.

"어디가 어떻게 다른데?"

"그건 알 것 없고."

"왜? 어디가 어떻게 다른데? 말해 보라니까?"

백운설이 거듭 모용기의 대답을 재촉했다.

그러나 모용기는 여전히 고개를 저을 뿐이다.

모용기가 입을 꼭 다물고 있자 백운설이 입술을 삐죽거렸다.

그러나 그것도 잠시뿐이다.

눈앞에 마주한 현실부터 풀어 나가야 했다.

그게 우선이다.

백운설이 모용기의 시선을 피하며 나직이 말했다.

"미안."

백운설이 말하고자 하는 것이 무엇인지 잘 안다.

그러나 모용기는 이번에도 대답하지 않았다.

제법 시간이 지났음에도 모용기의 대답이 없자 백운설이 다시금 그를 쳐다봤다.

자신의 대답을 기다리는 백운설을 향해 모용기가 고개를 저었다.

"사과를 받을 건 내가 아냐."

모용기가 말하고자 하는 바를 백운설도 단번에 알아들었다.

백운설이 모용기를 쳐다보며 다시 질문했다.

"다른 친구들이…… 내 사과를 받아 줄까?"

"그건 나도 모르지. 내가 그 녀석들 생각을 다 읽을 수는 없으니까."

"그, 그럼……?"

백운설의 목소리가 조금은 떨려 나왔다.

예전에 모용기를 흔들어 댔던 바로 그 모습이다.

그러나 모용기는 이번에는 별다른 감흥이 없었다.

모용기가 이전과 달라지지 않은 목소리로 말했다.

"너 그거 알아? 넌 욕심이 무척 많은 거."

"내가?"

모용기가 다른 말을 하자 백운설이 눈을 동그랗게 떴다.

모용기가 잔잔하게 웃으며 고개를 끄덕였다.

"그래. 넌 무엇 하나 놓치고 싶어 하지 않아. 사문의 말을 거역하는 것도 싫고 친구들과 등을 지는 것도 싫고."

모용기가 말하려는 바는 명확했다.

백운설이 눈에 띄게 당황한 얼굴을 했다.

"그, 그건……."

"근데 세상을 살다 보면 선택의 순간이 올 수도 있어. 하나를 선택하면 하나를 잃어야 하는 순간이. 이런 경우에는 둘 다 가질 수가 없다는 거 너도 알지?"

백운설은 더 이상 말이 없었다.

대신 눈가에 눈물이 차오르려 했다.

모용기는 붉어진 그녀의 두 눈을 쳐다보며 계속 말을 이었다.

"다른 녀석들은 같은 것을 선택했지만, 넌 다른 것을 선택했어. 그게 그 녀석들과 너의 차이야."

모용기의 말투는 온화했지만 그 안에 담긴 내용은 섬뜩할 정도로 차가웠다.

예전과는 완전히 다른 이질적인 모용기의 모습에 백운설은 심장이 덜컥하는 느낌이었다.

그러나 백운설은 얼른 고개를 저었다.

당장 중요한 것은 그것이 아니다.

무엇이라도 변명하는 것이 우선이었다.

"하, 하지만 사숙이……."

모용기는 백운설의 말이 끝나기도 전에 고개를 저어 그녀의 말을 끊었다.

"연아도 그랬어. 연아는……."

그러나 제 말을 끝까지 이을 수가 없었다.

나직이 한숨을 내쉰 모용기는 다시 백운설을 쳐다보며 말했다.

"녀석들이 네 사과를 받아 줄지 아닌지는 나도 몰라. 하지만 시도 정도는 해 보는 게 낫지 않을까?"

그리고는 엉덩이를 툭툭 털며 자리에서 일어서는 모용기였다.

모용기가 멍청한 얼굴로 자신을 올려다보는 백운설을 쳐다보며 말했다.

"늦었다. 그만 들어가서 쉬어."

모용기가 등을 돌렸다.

멀어지는 그의 모습을 멍청한 얼굴로 쳐다보던 백운설이 한순간 세차게 고개를 저었다.

그리고는 후다닥 모용기를 따라잡아 그를 돌려세웠다.

모용기가 의문이 가득한 눈으로 백운설을 돌아봤다.

"왜?"

"너는? 너는 어떤데?"

"나?"

"그래, 너. 너는 어떤데?"

백운설이 조금은 조급함마저 느껴지는 듯한 말투로 질문했다.

모용기가 예전과 달라진 것이 없는 태도로 웃음을 보였다.

그 모습에 백운설이 조금이나마 안심을 하며 한숨을 내쉬려는 순간.

모용기가 목소리를 냈다.

"난 네 친구지. 예전에도 그랬고 앞으로도 그렇고."

별다른 내용이 없는 말이었다.

그러나 백운설의 얼굴은 핏기 하나 없이 하얗게 질려 버렸다.

모용기는 그런 백운설의 심경 변화를 모른 척하며 여전히 웃음기가 남아 있는 얼굴로 그녀의 어깨를 툭툭 두드렸다.

"난 간다. 들어가."

모용기가 다시금 등을 보였다.

그의 모습이 더 이상 보이지 않게 되었을 때, 백운설이 자리에 쓰러지듯 털썩 주저앉았다.

참룡
회귀록

斬龍回歸錄

참룡
회귀록

斬龍
回歸
鑁

74 章.

승룡각으로 들어서던 모용기가 한숨을 폭 내쉬었다.

백운설의 앞에서는 아무렇지도 않은 척했지만 감정의 소모가 심한 것은 모용기 역시 마찬가지였다.

예전부터 생각하던 것을 풀어놓은 것뿐이었지만 동요하는 백운설의 지켜보는 것은 모용기에게도 곤욕이었다.

"어째 쌈박질하는 것보다 더 피곤한 것 같은데……."

내력이 경지에 이른 후 느끼지 못했던 심한 무력감 같은 것이 느껴졌다.

온몸이 물 먹은 솜처럼 축축 늘어지는 기분이었다.

모용기가 그 자리에 멈춰 서서 크게 한숨을 내쉬었다.

이런 모습을 다른 이에게 보여 줘서 좋을 것이 없었기

때문이다.

그러나 한번 가라앉은 기분은 쉽게 회복되지가 않았다.

몇 번이나 크게 심호흡을 했음에도 별달리 나아지지 않자 모용기가 접하고 한숨을 푹 내쉬었다.

"후…… 할 수 없나? 그냥 잠이나 늘어지게 잘까?"

평소에 잠이 많지 않은 모용기가 가끔씩 정말 죽은 듯이 오래 잘 때가 있는데, 바로 지금과 같은 기분을 느낄 때였다.

이런 기분으로 돌아다니면 반드시 사고가 일어난다.

차라리 알아서 잦아들 때까지 잠을 자는 것이 낫다.

마음을 정한 모용기가 제 거처로 걸음을 옮기기 시작했다.

군데군데 다른 친구들, 봉마곡 노인들의 기척이 느껴졌지만 그는 애써 무시했다.

뚜렷하게 느껴지는 제갈연의 기척까지 어렵사리 무시하며 제 방으로 걸음을 옮기던 모용기는 제 방을 얼마 두지 않고 나직이 한숨을 내쉴 수밖에 없었다.

제 방 앞에서 자신을 기다리고 있는 익숙한 기척이 느껴졌기 때문이다.

"이건 설아 같은데……."

이제껏 다른 이들의 기척을 모른 척한 것이 결국 쓸모가 없게 된 것이다.

다른 곳으로 갈까 잠시 고민하던 모용기는 이내 고개를 저으며 다시 걸음을 옮겼다.

담설이 자신을 기다렸다면 분명 용건이 있을 거라 생각한 것이다.

그게 아니라면 담설에게라도 말해 두는 것이 혼자만의 시간에 방해를 받지 않을 좋은 방도일지도 모른다.

모용기의 기척이 느껴지자 담설이 시선을 돌렸다.

그녀와 시선을 맞춘 모용기가 한숨을 푹 내쉬며 그녀에게 다가갔다.

"나 좀 피곤해서 그런데……."

"문제가 생겼어요."

모용기의 말을 끝까지 듣지도 않은 채 담설이 대뜸 용건을 꺼냈다.

그리고 그것은 모용기의 관심을 끌기에 충분했다.

"문제?"

"예. 아무래도 그 단 씨 할아버지라는 분의 상세가 심상치 않아요."

"단 씨 할배? 그 할배가 왜? 그냥 지쳐서 그런 거 아니었어?"

모용기의 말에 담설이 단호한 얼굴로 고개를 저었다.

"아니에요."

"그, 그럼?"

"그릇이 깨졌어요."

담설의 대구에 모용기가 입을 쩍 벌렸다.

"뭐, 뭐?"


모용기와 담설이 들어서자 단정순의 옆을 지키고 있던 제갈연이 돌아봤다.

"어? 모용 공자. 담 소저."

가볍게 고개를 끄덕이며 다가선 모용기가 미동도 하지 않은 채 잠들어 있는 단정순을 내려다봤다.

촛불에 의지해 단정순의 미간이 푸른빛을 띠는 것을 확인한 모용기가 미간을 찌푸렸다.

"생각보다 더 안 좋아 보이는데……"

"예?"

난데없는 말에 제갈연이 모용기를 올려다봤다.

그러나 모용기는 그녀의 의문에 대구를 하지 않고 담설을 돌아볼 뿐이었다.

"얼마나 버틸 것 같아?"

담설은 대답 대신 의문이 가득한 얼굴의 제갈연을 힐끔거렸다.

모용기가 고개를 저으며 다시 말했다.

"그럴 것 없어. 얘도 알 건 알아야지. 그래도 제 사부인데."

"어르신들은 숨기고 싶어 하시는 것 같던데……."

"그건 할배들 생각이고, 애 입장은 또 다르지. 너도 생각해 봐. 담 씨 아저씨가 죽을 날만 받아 놓고 기다리고 있는데 너한테는 숨기고 있으면, 넌 그걸 참을 수 있겠어?"

제 아비를 끌어들이는 모용기의 말에 담설이 얼굴을 찌푸렸다.

그와 동시에 제갈연이 당황한 얼굴을 했다.

"무, 무슨 말이에요? 죽을 날만 받아 놓고 기다리고 있다니요? 서, 설마 사부님이……."

담설이 제갈연을 힐끔 쳐다보고는 모용기를 흘겨봤다.

"오라버니는 말을 해도 꼭……."

"됐고. 빨리 말이나 해 봐. 얼마나 버틸 것 같아?"

모용기와 제갈연의 시선이 한꺼번에 담설에게로 쏠렸다.

그들의 시선을 이기지 못한 담설이 한숨을 내쉬며 말했다.

"반년? 그 정도는 괜찮으실 것 같아요."

"무, 무슨! 말도 안 돼!"

저도 모르게 목소리를 높이는 제갈연의 얼굴이 하얗게 질려 버렸다.

모용기가 얼굴을 찡그리며 그녀를 쳐다봤다.

"목소리 낮춰. 다른 사람들 다 깨울 작정이야?"

"어? 그, 그게…… 하지만 사부님이……."

"당장 죽는 건 아니라잖아. 그러니까 가만히 좀 있어 봐."

제갈연의 입을 다물게 한 모용기가 다시 담설을 쳐다봤다.

"그래서? 방법은 있고?"

"그건 저도 잘…… 하지만 스승님은 방법이 있지 않을까요?"

"스승님? 우리 할아버지?"

담설이 대답 대신 고개를 끄덕였다.

모용기가 신의를 떠올리며 미간을 좁혔다.

그러나 자신의 의술에 대한 얕은 지식으로는 해답이 나오지 않았다.

이내 고민하는 것을 포기한 그가 다시금 담설을 쳐다봤다.

"우리 할아버지가 고칠 수 있을까? 보니까 괴의 할아버지도 못 고친 것 같은데."

"괴의요? 오라버니는 괴의를 알아요?"

"어. 무한이네 할배거든. 그동안 할배들이랑 같이 생활했을 텐데 아직도 이 모양이면 그 할배도 못 고친 것 같은데……."

신의와 쌍벽을 이루는 괴의가 언급되자 담설이 미간을 좁혔다.

괴의가 고치지 못했다는 말에 제 스승이 고칠 수 있다는 확신이 옅어진 것이다.

그러나 담설은 얼른 고개를 저으며 말했다.

"그래도 스승님께 한번 보이는 게 좋지 않을까요? 스승님이면 괴의라는 분이 모르는 것을 알 수도 있고…… 어차피 다른 방법도 없잖아요."

"그렇긴 하지."

담설의 말에 모용기는 순순히 고개를 끄덕였다.

그러나 문제가 있었다.

잠깐 생각을 정리한 모용기가 담설을 쳐다봤다.

"저, 내가 할 일이 좀 있는데……."

"싫어요. 저도 오라버니 옆에 있을 거예요."

단호한 얼굴로 고개를 가로젓는 담설.

모용기가 끙하고 앓는 소리를 냈다.

그리고는 난감하다는 얼굴로 단정순을 내려다보다가 문득 자신을 향하는 불안한 시선에 한숨을 푹 내쉬고 말았다.

모용기가 제갈연을 쳐다봤다.

"너무 걱정은 하지 말고. 어떻게든 해결해 볼 테니까."

하는 행동거지와는 다르게 묘하게 믿음을 주는 것이 모용기였다.

제갈연이 조금은 진정된 얼굴로 고개를 끄덕였다.

그리고 그런 둘을 담설이 묘한 눈으로 번갈아 가며 쳐다봤다.

진산의 일이 정리되자 홍소천이 다시 모용기를 찾았다.

모처럼 다 쓰러져 가는 개방의 총타를 찾은 모용기가 마주앉은 홍소천을 쳐다보며 얼굴을 찌푸렸다.

"어차피 맹에서 일해야 하는데 굳이 여기에 머물 이유가 있어요?"

"일하려면 여기가 편하다."

"맹에서 급한 일이 생길지도 모르는데……."

"거긴 군사가 있지 않느냐? 어지간한 건 군사가 알아서 할 테고, 정말 급한 일이면 연락이 오겠지. 그리 먼 거리도 아니고 엎어지면 코 닿을 거린데 뭘. 그보다 이제 말 좀 해 보거라. 넌 어떻게 이 일을 알고 있는 것이지?"

예전부터 궁금했던 것이다.

개방의 정보망을 통해 강호에서 벌어지는 일들을 속속들이 알고 있는 자신보다 더 많은 것을 알고 있다는 것이 도무지 이해가 가지 않은 것이다.

그러나 모용기는 이번에도 제대로 대꾸할 마음이 없는지 고개를 젓기만 했다.

"그건 비밀."

말해 봐야 믿지도 않을 테고 자칫 홍소천이 섣불리 움직이기라도 한다면 일이 꼬일 수도 있었다.

그러나 사정을 모르는 홍소천은 얼굴을 찌푸렸다.

"이놈아, 그래도 일을 하려면 사정 정도는 설명해 줘야……."

"말하기가 곤란해서 그래요. 이것저것 엮인 게 많아서요."

"그러니까 더 말을 해야 하는 것 아니겠느냐? 이걸 네 녀석 혼자서 무슨 수로 감당하려고? 다 털어놓고 같이……."

"에이, 아니죠. 이런 일은 아는 사람이 적은 게 좋죠. 하나라도 덜 알아야 엄한 데로 튀지 않을 테니까."

모용기의 대답에 홍소천이 황당하다는 얼굴을 했다.

"그러니까 네 녀석이 지금 하는 말은…… 내가 엄한 짓을 할까 봐 말을 못하겠다 이거냐? 내 말이 맞지?"

홍소천이 핵심을 짚었다.

모용기가 어색하게 웃으며 대꾸했다.

"에이, 뭘 또 그렇게까지. 그런 게 아니라……."

"아니긴 뭐가 아니야 이놈아! 허…… 내가 어이가 없어서……."

홍소천이 어처구니가 없다는 얼굴로 헛웃음을 흘렸다.

모용기가 얼른 말을 덧붙였다.

"방주님, 그게 꼭 그런 게 아니고……."

"되었다, 이놈아. 그게 그 말이 아니면 뭐란 말이냐? 되었다."

"아니, 이게 좀 민감한 문제라서……."

"그러니까 되었다고 하지 않느냐? 내 더는 묻지 않으마."

홍소천은 단단히 기분이 상했다는 듯이 한동안 모용기를 노려봤다.

그런 홍소천의 눈치를 살피는 모용기였으나, 홍소천의 의문에는 끝내 대답하지 않았다.

제법 시간이 지났음에도 결국 어떠한 대답도 얻어 내지 못하자, 결국 홍소천이 끙하고 앓는 소리를 냈다. 자신이 진 것이다.

홍소천이 모용기를 쳐다보며 눈을 흘겼다.

"빌어먹을 놈."

"그게 사정이……."

"되었다, 이놈아. 그보다 다른 일부터 처리하자."

"다른 일이요?"

"그 왜 있잖느냐? 맹주를 부추긴 놈."

"아, 맞다."

홍소천의 말에 모용기가 손뼉을 짝하고 쳤다.

진산을 어느 정도 아는 모용기로서는 그가 저들에게 붙었다고는 생각되지 않았다.

분명 누군가가 진산을 이용한 것일 터.

자신으로서는 알아낼 방법이 없어 홍소천에게 부탁을 한 것인데, 생각보다 빨리 일을 처리한 모양이었다.

"누굽니까, 그게?"

"서문경."

모용기의 질문에 재깍 대답하는 홍소천이었다.

그러나 모용기의 두 눈은 의문으로 가득했다.

"서문경? 그게 누군데요?"

고개를 갸웃거리는 모용기를 보며 홍소천이 기가 차다는 얼굴을 했다.

"이놈아, 서문 장로 몰라? 종남 출신의 서문경."

"그런 분이 계셨어요? 난 왜 모르고 있었지?"

"썩을 놈."

홍소천이 끌끌 혀를 찼다.

그리고는 다시 모용기와 시선을 맞추며 말했다.

"어쨌든 맹주를 꼬드긴 놈은 그놈이 맞다. 알아보니까 최근에 맹주와 접촉이 많았던 건 그놈뿐이야. 그리고 보정각에서 신공과 권마를 맞상대했던 그놈들을 정무맹으로 들인 것도 서문경 그놈이다."

"그래요? 확실합니까?"

"그렇다니까. 내 다 알아본 사실이다."

확신하는 듯한 홍소천의 얼굴에 모용기가 고개를 끄덕였다.

팽가가 아닌 또 다른 꼬리를 드디어 잡은 것이다.

그러나 문제 자체가 어려웠다.

내버려 두자니 껄끄러웠고 섣불리 건드리기엔 상대가 너무 컸다.

'이건 또 어떻게 해결한다?'

모용기가 잠깐 고민을 하고 있는데 물끄러미 쳐다보고 있던 홍소천이 먼저 목소리를 냈다.

"설마 그놈을 건드리겠다는 생각은 아니겠지?"

홍소천의 말에 모용기가 시선을 들어 홍소천을 쳐다봤다.

"무슨 말이시죠?"

"무슨 말이긴 이놈아. 타초경사란 말도 못 들어 봤느냐? 공연히 저들이 경계하게 만들 필요는 없지 않느냐? 저들이 네 녀석이 말한 그들이 맞다면 더더욱."

홍소천이 말하고자 하는 의미가 명확하게 이해가 가는 모용기였다.

그러나 찜찜하다는 얼굴은 숨기지 못했다.

"그렇긴 한데…… 그렇다고 가만히 내버려 두기에는 좀……."

"군사와 내가 좀 더 신경을 쓸 수밖에. 이미 저쪽 세력이 꺾여서 더 무슨 짓을 하기는 어려울 게다."

"신경 많이 쓰셔야 할 텐데요."

"할 수 없지. 그리고 그게 꼭 손해만 보는 짓도 아니고. 이참에 맹에 숨어든 저들의 무리를 다 찾아볼 거니까."

그렇게 하는 것 외에는 별다른 방법이 없다 생각했다.

홍소천의 말에 모용기가 고개를 끄덕였다.

"그렇게 하시죠. 아, 그리고 보니까 저들 중에 누가 있는지 하나는 알려 줄 수 있을 것 같은데요."

"그래? 그게 누구냐?"

"팽가."

모용기의 말에 홍소천이 별다른 동요 없이 고개를 끄덕였다.

"역시……."

"어? 알고 계셨어요?"

"네가 저들의 정체를 말하지 않았더냐. 네 말이 맞다면 팽가가 끼지 않는 게 이상하지."

담담하게 받아들이는 홍소천의 모습에 모용기가 쩝하고 입맛을 다셨다.

그 틈을 타 차를 홀짝이며 입술을 축인 홍소천이 다시 모용기를 쳐다봤다.

"이제 어쩔 것이냐? 맹에 있을 것이냐?"

"아뇨. 좀 나가 봐야 할 것 같아요."

모용기의 대꾸에 홍소천이 못마땅하다는 얼굴을 했다.

"또? 그러지 말고 맹에 남아서 일 좀 돕는 게……."

"제가 맹에서 할 일이 뭐가 있다고요. 남아 봐야 도움도 안 될걸요?"

"하지만 지난번처럼 그놈들이……."

"이제 안 올 거예요. 기껏 해 봐야 낙류장의 두 마두들 정도일 텐데, 그 정도는 맹에서도 충분히 감당할 수 있을 테고요."

모용기가 단호한 얼굴로 고개를 저었다.

홍소천이 의문을 표했다.

"어떻게 그렇게 확신하느냐?"

"그 사람들이 그렇게 말을 잘 듣는 사람들이 아니거든요."

"그걸 네가 어떻게 알고?"

"그거야 뭐……."

머쓱한 얼굴을 하는 모용기를 쳐다보며 홍소천이 얼굴을 찌푸렸다.

"이번에도 비밀이냐?"

"아무래도……."

모용기가 어색한 얼굴로 웃음을 흘렸다.

홍소천은 못마땅하다는 얼굴로 모용기를 쳐다보다가 결국은 먼저 한숨을 내쉬고 말았다.

"알았다. 그보다 이번엔 어디로 가겠다는 것이냐? 또 패천성의 영역으로 가겠다는 것은 아니겠지?"

"어? 그걸 어떻게……."

홍소천의 질문에 모용기가 눈을 동그랗게 떴다.

홍소천이 황당하다는 얼굴을 했다.

"정말이냐? 그 난리를 치고 또 그곳으로 가겠다고?"

"그게 사정이 있어서……."

"그놈의 사정, 사정. 말이라도 해 주면 이해라도 하겠다
만."

이제는 기대도 되지 않는다.

아나나 다를까 모용기는 이번에도 말을 할 생각이 없는
지 입을 꼭 다물고 있었다.

홍소천이 고개를 저으며 말했다.

"되었다. 내 더 다그치지 않을 테니. 그래도 이것은 말해
줘야 하겠다. 언제 패천성의 영역으로 들어갈 것이냐? 흔적
은 지워야 하지 않겠느냐?"

"아, 그렇지. 근데 언제라고 콕 집어 말할 수가 없어
서……."

"왜? 당장이라도 출발할 것처럼 그러더니?"

"그렇긴 한데, 그 전에 먼저 들러야 할 곳이 있거든요."

"들러야 할 곳? 그곳이 어디냐? 그것도 비밀은 아니겠
지?"

홍소천의 질문에 모용기가 히죽 웃으며 이번에는 제대로
된 답을 줬다.

"무당이요."

❖ ❖ ❖

날씨가 제법 추워져 눈발이 흩날리기 시작하며 이제는 온통 순백의 색으로 뒤덮인 무당산은 신비로운 분위기를 자아내고 있었다.

무당산을 코앞에 둔 철무한이 신기하다는 눈으로 무당산의 산세를 이리저리 두리번거렸다.

"와…… 도교의 성지라더니 다르긴 하네."

운현이 얼굴을 찌푸리며 목소리를 냈다.

"이게 어디서 못 배워먹은 소리를 하고 있어? 입은 삐뚤어졌어도 말은 바로 하랬다고, 도교의 성지가 왜 무당이야? 우리 곤륜이지. 우리 역사가 훨씬 더 긴데."

"어? 그래? 그래도 무당산이 더 유명하지 않나?"

"뭔 소리를 하는 거야? 무당에 장삼봉 조사 빼면 뭐가 있어? 아무것도 없잖아. 그에 반해 우리 곤륜은 어떤데? 우리는 서왕모도 있고, 용도 있다고."

"서왕모? 용?"

철무한이 처음 듣는다는 얼굴을 하자 운현이 어처구니없다는 얼굴로 헛웃음을 흘렸다.

"헐…… 진짜 몰라? 뭐가 이렇게 무식해?"

그 때 정주형이 인상을 쓰며 둘 사이에 끼어들었다.

"이 새끼가! 지금 우리 공자님한테 무슨 말이야? 죽고 싶어!"

"뭐?"

"뭐긴 뭐야? 우리 공자님한테 함부로 굴지 말라고! 그러다 진짜 죽는다!"

으르렁거리는 정주형을 쳐다보며 운현이 황당하다는 얼굴을 했다.

그러나 그것도 잠시, 운현 역시 기분이 상했는지 날카롭게 눈을 뜨며 정주형을 노려봤다.

서로가 서로를 노려보며 날을 세우려는 순간.

딱! 딱!

"악!"

정주형과 운현이 동시에 비명을 지르며 뒤통수를 부여잡고는 고개를 숙였다.

"어떤 새끼야!"

당장이라도 잡아먹을 듯한 기세로 눈을 부라리며 뒤를 돌아보는 운현이었다.

그러나 자신의 뒤통수를 때린 이의 정체를 파악하고는 금세 꼬리를 말았다.

모용기가 쯧쯧하고 혀를 차며 자신을 쳐다보고 있었던 게다.

"너희들은 대체 나이가 몇 개냐? 적당히 좀 하면 안 되냐?"

다른 이들에게는 버럭버럭 소리를 높이는 운현이었지만

모용기에게까지 그럴 만한 배짱은 없었다. 예전부터 호되게 당한 기억이 여전히 남아 있었기 때문이다.

그러나 정주형을 향해 눈을 흘기며 불만을 표하는 것은 잊지 않았다.

"저 자식이 먼저 시비 걸잖아!"

"뭔 소리야? 네가 먼저 공자님을 막 대하니까 그러지!"

둘 모두 여전히 기가 죽지 않았다.

다시금 슬그머니 기세를 올리려는 찰나.

딱! 딱!

또다시 동시에 뒤통수를 부여잡고 고개를 숙이는 운현과 정주형이었다.

"악!"

"악!"

가벼워 보이는 손놀림이었지만 받아들이는 입장에서는 그렇지 않은 듯 두 사람은 한참이나 고개를 들지 못했다.

철무한이 모용기를 쳐다보며 얼굴을 찌푸렸다.

"말로 하면 되지, 그걸 꼭……."

"됐고. 넌 너네 애들이나 좀 어떻게 해 봐. 이런 식이면 같이 다닐 수나 있겠냐?"

평소에는 별다른 마찰 없이, 오히려 잘 지내는 편에 속했지만 철무한의 문제만 끼어들면 꼭 싸움이 벌어지려 했다.

예전에는 이유를 몰랐으니 그냥 넘어갔지만 지금은 아니었다.

이유를 명확하게 알고 있었다.

그리고 그 문제를 해결할 당사자도 바로 눈앞에 있었다.

그러나 철무한은 뒤통수를 부여잡고 여전히 끙끙거리고 있는 정주형을 힐끔 쳐다보고는 난감하다는 얼굴로 고개를 저었다.

"내가 몇 번 말해 봤는데 안 되더라고."

"그럼 내가 해? 내가 할까?"

모용기가 정주형을 힐끔 돌아보며 말하자 정주형이 자신도 모르게 흠칫 몸을 떨었다.

철무한이 끙하고 앓는 소리는 내더니 고개를 저었다.

"내가 다시 말해 볼게."

일단 대꾸는 하지만 스스로조차 별다른 확신이 없는 듯한 목소리였다.

그 모습을 보며 못마땅하다는 기색으로 한 번 더 말을 꺼내려던 모용기가 한순간 헤실거리는 얼굴로 시선을 돌렸다.

언제나처럼 하늘거리며 다가오는 제갈연의 모습에 모용기가 웃으며 말했다.

"왜? 무슨 일 있어?"

제갈연이 대꾸를 하기도 전에 철무한이 먼저 반응했다.

"미친 놈."

그 말에 별다른 반응조차 보여 주지 않는 모용기였다.

그러나 제갈연이 난감하다는 기색을 내비치자 그제야 모용기가 반응을 보였다.

모용기가 철무한을 쳐다보며 인상을 썼다.

"저리 안 가? 연아가 곤란해하잖아."

눈을 부라리는 모용기를 쳐다보며 철무한이 기가 차다는 얼굴을 했다.

순간적인 당황스러움에 어떤 반응을 해야 할지 갈피를 잡지 못하는 모습이다.

다행히 철무한의 곁에 있던 철소화가 대신 나서며 그의 곤란함을 풀어 줬다.

"그게 어딜 봐서 우리 오빠 때문이야?"

"아니긴 뭐가 아냐? 그럼 저 자식 말고 누가 있다고."

"누가 있긴? 오빠가 있지. 누가 봐도 오빠 때문에 부담스러워하는 거 안 보여?"

"나? 내가 뭘 어쩼다고?"

"몰라서 물어? 누구라도 오빠처럼 그렇게 부담스럽게 굴면 옆에서 못 버틸걸? 적당히 좀 해."

철소화의 말에 모용기가 끙하고 앓는 소리를 내더니 제갈연을 힐끔 쳐다봤다.

나직이 한숨을 내쉬던 제갈연이 모용기의 시선을 느끼고

는 흠칫 몸을 떨더니 이내 낯빛을 고치는 모습이었다.

모용기가 쩝하며 입맛을 다셨다.

그 때, 자신의 왼팔에 따스하고 뭉클한 느낌이 느껴지자 모용기가 시선을 돌렸다.

어느새 자신의 팔에 매달린 철소화를 쳐다보며 모용기가 얼굴을 구겼다.

"넌 또 왜?"

"아니, 난 부담스럽게 해도 되는데."

"됐거든? 빨리 안 떨어져?"

모용기가 팔을 휘휘 저어 어렵지 않게 철소화를 떼어 냈다.

철소화가 쳇하며 입술을 삐죽거렸다.

한 걸음 떨어진 곳에서 그들의 모습을 물끄러미 쳐다보는 담설의 어깨를 안은희가 툭하고 쳤다.

담설이 흠칫 몸을 떨더니 안은희를 돌아봤다.

"왜 그러세요?"

"그렇게 쳐다보지만 말고 가 보라고. 그러고 싶은 것 아니야?"

철소화에게 딱 달라붙어 있는 조희진과는 다르게 제법 담설과 보낸 시간이 많았다 보니 어렵지 않게 그녀의 마음을 읽은 것이다.

그러나 담설은 고개를 저었다.

161

"아니에요. 얘기하고 있는데……."

"그러니까 너도 그 얘기에 끼어들라니까? 그러고 싶은 거 아니야?"

안은희의 거듭된 재촉에도 입을 꾹 다무는 담설이었다.

담설의 자신감 없는 모습에 안은희가 쯧하고 혀를 찼다.

"왜 그렇게 주눅이 들어 있어? 네가 뭐가 부족하다고? 철공자님한테 들어 보니까 너도 소화나 연아 못지않게 예쁘다며? 근데 뭐가 부족해서?"

"어? 그, 그건……."

"면구 벗으라고 할 생각은 없으니까 당황하지 말고. 내 말은 좀 더 네 마음을 표현하라는 거야. 그렇게 보고만 있다가는 평생 그렇게 쳐다봐야만 할지도 몰라."

"하지만……."

"하지만이 아니라 그렇게 하라고. 우리 할아버지 말씀이, 원하는 사람이 있으면 어떻게든 잡으라고 하시더라고. 잡을 수 있다면 좋겠지만, 그렇지 못하더라도 후회는 남기지 말라고. 우리 할아버지가 그걸 못해서 평생을 후회하며 사셨다고 하시더라고."

"언니네 할아버지요?"

"그렇다니까. 우리 할아버지가……."

안은희가 조잘거리며 담설의 이목을 잡아끌었다.

그뿐만이 아니다.

다른 친구들 역시 정사 간의 구분을 두지 않고 스스럼없이 어울리는 모습이었다.

잠깐 걸음을 멈추고 그 모습을 물끄러미 쳐다보던 명진이 팔짱을 꼈다.

"흐음……."

그 때 소무결이 명진의 옆으로 다가서며 말했다.

"아무래도 쟤네들 데리고 무당에 오르는 건 무리겠지?"

북숭소림, 남존무당이란 말이 있을 정도로 강호에서 정파를 대표하는 두 개의 문파 중 하나가 바로 무당이었다.

그런 곳에 패천성의 후기지수들을 들인다는 것은 아무래도 무리라 생각한 것이다.

그런 소무결의 생각과는 다르게 명진은 가볍게 고개를 저었다.

"다른 의도로 무당을 오르는 것도 아니잖나? 괜찮다."

"그건 네 생각이고. 다른 분들은 다르게 생각할 수도 있을걸?"

"흐음……."

명진이 고개를 모로 틀더니 잠깐 고민하는 듯한 얼굴이었다.

그리고는 소무결의 말이 틀리지 않았다는 것을 어렵지 않게 알아채고는 이내 고개를 끄덕이며 다시금 소무결을 쳐다봤다.

"그럼 어떻게 하지?"

"어떻게 하긴? 미리 허락을 구해야지. 쟤네들 데리고 무턱대고 무당에 오르다간 진짜 큰일 난다니까."

"알겠다. 그럼 내가 다녀오지."

팔짱을 풀며 바로 걸음을 옮기려는 명진이었다.

그러나 소무결은 고개를 저으며 명진을 막아섰다.

"그건 아니지. 네가 다녀오면 빠르고 좋긴 한데, 그러기에는 기아 놈이 신신당부한 게 있잖아."

멀리서 제갈연과 철소화 사이에 둘러싸여 히죽거리는 모용기를 힐끔 쳐다본 명진이 고개를 끄덕였다.

그리고는 제 뒤에서 헐떡거리며 바닥에 드러누워 있는 석대림에게로 시선을 돌렸다.

명진의 시선을 받은 석대림이 재깍 반응했다.

"저, 저요?"

명진이 고개를 끄덕이며 대꾸했다.

"갔다 와라."

숫제 명령조의 어투였다.

석대림이 저도 모르게 하얗게 눈이 쌓인 무당산으로 시선을 돌리다가 결국에는 울상을 했다.

엄두가 나지 않는다는 얼굴이었다.

"너무 험할 것 같은데……."

"안 죽는다."

석대림이 한숨을 푹 내쉬며 자리에서 일어섰다.

소무결이 냉큼 말을 덧붙였다.

"가는 길에 기아 놈한테 말해 두는 것 잊지 말고."

석대림이 힘없이 고개를 끄덕이더니 뽀드득 뽀드득 소리와 함께 발자국을 남기며 걸음을 옮겼다.

그 모습을 물끄러미 쳐다보고 있던 소무결이 무엇을 봤는지 얼굴을 찌푸렸다.

"근데 저 아줌마는……."

일행과 한 걸음 떨어져서 관망하는 듯한 모습을 보이는 금소소를 말하는 것이다.

명진이 소무결의 시선을 따라 그녀를 힐끔 쳐다보며 말했다.

"내버려 둬. 딱히 해를 끼치려는 것도 아닌 것 같은데."

"그래도 불편하잖아. 누가 다가가도 잠깐 말하는 게 전부고. 그나마 희진이한테 말 걸려고 하는 것 같은데, 희진이도 먼저 피해 버리니까 영 어색해서…… 이쯤 되면 알아서 떨어져 나가도 이상하지 않을 것 같은데 끈질기게 따라붙네."

"기아 녀석이 내버려 두라고 했으니까 알아서 하겠지. 신경 쓸 것 없다."

별다른 관심을 보이지 않는 말에 소무결이 얼굴을 찌푸렸다.

괜히 자신만 걱정을 하는 모양새가 억울하게 느껴졌기 때문이다.

그러나 그 불만을 표출하기도 전에 고민우가 어느새 모습을 드러내며 둘에게 다가왔다.

소무결이 명진에게 불만을 털어놓으려던 것도 잊고 고민우를 쳐다봤다.

"넌 어디 갔다 와? 함부로 돌아다니면 안 되는 거 몰라?"

어디까지나 정무맹의 영역이다. 그중에서도 무당의 앞마당이다.

홀로 돌아다니다가 혹여 신분이라도 발각되면 골치 아픈 일이 벌어질 것은 당연지사였다.

그러나 고민우는 대수롭지 않다는 얼굴로 고개를 저었다.

"걱정하지 마라. 충분히 조심하고 있으니까."

"걱정하는 게 아니고, 시끄러워지니까……."

얼굴을 찌푸리며 잔소리를 쏟아 내려는 소무결의 입을 틀어막은 것은 명진이었다.

명진이 한 걸음 움직여 둘 사이를 갈라놓으며 고민우와 시선을 마주했다.

"어디 갔다 오는 거지?"

"딴 건 아니고, 하오문에서 연락이 왔더라고."

"하오문?"

고민우에게 반문하는 명진 대신에, 그가 말하고자 하는 바를 금세 알아차린 소무결이 이번에는 명진의 말을 끊으며 고민우에게 질문했다.

"단 씨 할배?"

"맞아. 남경에 무사히 도착하셨대."

개방도 있지만 이런 일에는 하오문이 제격이다.

정무맹에서의 일에 별다른 도움이 되지 못했던 하유선이 이를 갈았는지 일을 깔끔하게 처리한 것이다.

소무결이 명진을 쳐다보며 말했다.

"단 씨 할배는 괜찮으시겠지?"

명진이 별다른 고민도 하지 않고 고개를 끄덕였다.

"괜찮으실 거다. 저 녀석이 괜찮다고 했으니까."

모용기를 향해 턱짓을 하는 명진을 보며 소무결이 쩝하고 입맛을 다셨다.

그 때 명진이 소무결의 어깨를 툭하고 쳤다.

"이제 움직이자. 대림이를 기다리더라도 근처에 가 있는 게 좋을 테니까."

소무결이 고개를 끄덕이고는 먼저 움직여서 다른 친구들을 불러 모았다.

사방으로 흩어져 있던 일행이 한 덩이로 뭉쳐지더니 뽀얀 설원 위로 어지럽게 발자국을 남기지 시작했다.

명진이 그들이 남긴 발자국을 유심히 쳐다보고 있는데

고민우가 그의 어깨를 툭 쳤다.

"우리도 가자."


해검지에 구룡도를 맡긴 철무한이 찜찜하다는 얼굴을 했다.

"그거 비싼 건데."

정무맹에서 한 번 구룡도를 강탈당했던 기억 때문인지
영 표정이 좋지 않았다.

모용기가 픽 웃으며 철무한의 어깨를 툭 쳤다.

"걱정 마. 다른 곳도 아니고 무당이 안 돌려줄 리는 없으
니까."

"그건 모르는 거고. 정무맹은 뭐 그럴 거라고 예상했었
냐?"

"어. 난 예상했는데?"

"뭐?"

"그럼 패천성주 아들이 왔다는데 그냥 냅 둬? 일단 **빼앗**
을 수 있는 건 다 **빼앗**고 보는 거지."

"헐…… 그럼 무당은? 무당도 내가 소성주라는 걸 알고
있을 텐데……."

"그러니까 괜찮다는 거지. 정무맹에서처럼 숨어들어 간
것도 아니고 다 밝히고 들어온 거니까. 그거 뺏으면 명망이
바닥을 칠걸?"

"그렇긴 하네."

철무한의 얼굴이 조금은 누그러들었다.

그제야 여유가 생겼는지 철무한이 주위를 돌아봤다.

"근데 참 대단하긴 하다. 무슨 산꼭대기에 이렇게 건물들을 지어? 낮은 산도 아니구만. 새로 지은 것처럼 보이는 건물들도 꽤나 보이고."

"그거야 몇십 년 전에 불탔으니까 그렇지. 명색이 무당인데 그냥 방치할 수도 없고. 다시 짓는다고 시끌시끌했을 거야."

"확실히 고생깨나 했겠어. 그보다…… 참 신기하긴 하다. 살다 살다 내가 무당에 다 와 보고."

철무한이 새삼스럽다는 눈으로 주위를 정신없이 살피는 모습이었다.

패천성 주변에도 도문이 제법 있어서 한 번씩 들러 봤지만, 무당처럼 큰 규모를 자랑하는 곳은 없었던 탓이다.

그 때 앞장서서 일행을 인도하던 도인 하나가 뒤돌아보며 명진에게 말했다.

"난 여기까지 하마. 나머지는 네가 찾아가거라. 아직 기억은 하고 있겠지?"

조금은 농이 섞인 듯 장난스런 웃음을 머금고 있는 도인이었다.

그러나 명진은 여전히 딱딱하게 굳은 얼굴로 고개를 끄덕였다.

169

"알겠습니다."

조금도 풀어지지 않는 명진의 모습에 도인이 쯧하고 혀를 찼다.

그러나 이내 고개를 저으며 제 갈 길을 재촉했다.

그가 자취를 감추고 나자 명진이 뒤를 돌아봤다.

"기아와 무한이만 함께하겠다."

명진의 말이 떨어지자 철소화가 불만스런 얼굴로 뺨을 부풀렸다.

"왜 우리 오빠랑 기아 오빠만 가는 건데? 우리도 가면 안돼?"

"장문인이 번잡한 걸 싫어하신다."

"그럼 우리는? 계속 이러고 있으라고?"

명진이 철소화의 말에 대꾸하지 않고 소무결을 쳐다봤다.

소무결이 고개를 끄덕이더니 손뼉을 짝하고 치며 이목을 모았다.

"가자. 내가 구경시켜 줄게."

"무결이 오빠가? 오빠는 무당 아니잖아?"

"어렸을 때 사부님 따라서 자주 와 봤어. 내가 명진이 저 자식보다 무당에 대해서 더 잘 알걸?"

"그래?"

"그렇다니까. 얼른 가자."

소무결이 다른 친구들을 이끌었다.

담설이 그의 뒤를 따르기 전에 망설이는 얼굴로 모용기를 쳐다봤다.

모용기가 히죽 웃으며 고개를 끄덕였다.

"가 봐. 이런 기회가 언제 또 올지 모르니까 볼 수 있을 때 실컷 봐 둬."

"하지만……."

담설이 여전히 망설이는 얼굴을 했다.

그 때 제갈연이 담설의 손을 잡아 이끌었다.

"가요. 모용 공자 말대로 무당을 속속들이 볼 기회는 잘 없을 거예요."

그리고는 소무결의 뒤를 따라잡는 모습이었다.

모용기가 쩝하고 입맛을 다셨다.

"쟤도 참…… 거리가 안 좁혀지네."

철무한이 픽 웃으며 모용기의 혼잣말에 끼어들었다.

"네 말만 들으면 안 그런 것 같은데 의외로 소심하단 말이지. 아직 큰일을 안 겪어서 그런가? 정무맹에서 그 난리를 쳤으면 꼭 그런 것도 아닌데 사람이 바뀌는 건 쉽지 않나 봐."

"그러니까. 빨리빨리 진도 빼야 하는데 이거 참 답답해서……."

"그럼 확 덮쳐 버리든지. 연아도 마음이 없어 보이지는 않는데?"

"이게 지금 그걸 말이라고! 시끄러! 내가 넌 줄 알아?"

"내가 어때서? 난 나한테 마음 없는 여자는 안 건드린다고. 그래서 연아나 설아 안 건드리는 거 아니야."

"그럼 건드리려고 했냐? 건드리기만 해 봐. 패천성을 아주 작살내 버릴 거니까."

"하는 말하고는…… 됐다. 얼른 가기나 하자. 명진이 기다린다."

철무한이 자신들을 물끄러미 쳐다보고 있는 명진을 향해 턱짓을 했다.

모용기가 명진을 힐끔 쳐다보고는 고개를 끄덕였다.

"가자."

무당의 장문인인 충명이 모용기 등을 불러들인 곳은 삼청전 같은 공식적인 장소가 아니라 제 거처였다.

이내 충명의 거처로 들어선 모용기는 무당의 장문인답지 않게 그의 거처가 생각보다 검소하다는 걸 알아볼 수 있었다.

그러나 막상 마주한 충명의 모습은 거처와는 정반대였다.

차림새가 검소한 것은 마찬가지였지만 사람을 꿰뚫어보는 듯한 눈빛이 인상적이었다.

잠깐이지만 자신들을 쏘아보는 듯한 눈초리를 느낀 철무한이 얼굴을 찌푸리며 말했다.

　"무당에 싸우자고 온 것이 아닙니다."

　"그것을 알아봤나? 아직 나이도 어린 것 같은데……."

　"저뿐만 아니라 이 녀석들도 알아봤을 겁니다. 그렇게 대놓고 탐색하는 눈빛을 보내는데 어떻게 모를 수가 있겠습니까?"

　"허허. 이것 참……."

　충명이 헛웃음을 터트리고는 명진을 쳐다봤다.

　"네가 친구를 사귈 줄은 몰랐다만, 이렇게 재미있는 녀석을 친구로 사귈 줄은 더욱 몰랐구나."

　명진이 말없이 고개를 숙였다.

　예전과 달라진 적이 없는 모습에 충명이 쯥하고 입맛을 다시더니 다시 철무한을 쳐다봤다.

　"그래. 충허를 만나고 싶다고? 무슨 볼일인가?"

　"아, 그렇긴 한데, 제가 볼일이 있는 건 아니고……."

　"자네가 아닌가? 그럼……."

　충명의 시선이 자신을 향하자 모용기가 히죽 웃으며 말했다.

　"제가 볼일이 있습니다."

　"자네가?"

　충명이 의외라는 얼굴로 모용기를 쳐다봤다.

모용기보다는 철무한이라 생각해 그에게는 관심도 주지 않았던 탓이다.

다른 문파들처럼 정무맹에 사람을 대거 파견하지 않다 보니 정보가 부족했던 것이다.

'그래서 충진 놈을 보냈던 것인데 이놈은 뭘 하는지 연락도 없고……'

이참에 그 일도 해결해야 하겠다는 생각이 든 충명이었다.

그러나 눈앞의 일이 먼저다.

충명이 모용기를 쳐다보며 목소리를 냈다.

"무슨 일로 충허를 만나겠다는 것인가?"

"그건 비밀인데요."

"뭐?"

태연한 얼굴로 대꾸하는 모용기를 쳐다보며 충명이 황당하다는 얼굴을 했다.

돌려서 말하는 경우는 많이 봤지만 모용기처럼 대놓고 말하는 경우는 거의 없었기 때문이다.

그 때 명진이 한숨을 푹 내쉬며 모용기를 대신했다.

"무공에 관한 것입니다."

모용기가 명진의 옆구리를 콕 찔렀다.

"이건 쓸데없이……."

"저 자식이 보기와는 다르게 은근히 입이 가볍다니까."

철무한도 한마디 덧붙였다.

그러나 명진은 뒤도 돌아보지 않고 공손한 자세로 충명의 말을 기다렸다.

그들이 하는 꼴을 유심히 쳐다보는 충명.

이내 처음과 같이 탐색하려는 듯한 기색은 아예 자취를 감춰 버린 그가 빙그레 웃으며 말했다.

"그래. 명진의 친구들이라면 충허도 만나고 싶어 하겠지. 네가 데리고 가거라."

"그래도 되겠습니까?"

"뭐 어떠냐? 보아하니 무당에 해를 입히려 온 것 같지도 않으니. 혹여나 해서 경계심이 있었던 것인데, 내 사과하마. 미안하구나."

약간은 부조화스럽던 얼굴이 드디어 제자리를 찾아갔다.

처음과는 달리 편안한 얼굴을 하고 있는 충명을 보며 모용기가 쩝하고 입맛을 다셨다.

'어째 무당은 만만하지가 않네.'

말은 저렇게 해도 여전히 경계하는 듯한 기색을 알아챈 탓이다.

어쩌면 자신들의 방심을 유도하려는 행동일지도 모른다.

'괜한 짓을…… 다른 마음을 품은 것도 아닌데…….'

이해하지 못할 바는 아니다.

자신 역시 참룡대를 이끌 때는 의심하고 또 의심했었다.

그것이 자신의 형제들이 입을 피해를 조금이라도 줄일 수 있는 방법이었기 때문이다.

'사고 칠 것도 없고, 조용히 있다가 충허 진인이나 보고 가면 되겠지.'

모용기가 마음을 편하게 먹으려 했다.

그러나 모든 일은 자신이 생각하는 대로만 돌아가지 않는다.

갑작스레 느껴지는 부산스러운 인기척에 모용기가 고개를 돌리자 한 박자 늦게 철무한과 명진의 시선이 따라갔다.

그리고 명진과 비슷한 시기에 같은 것을 눈치 챈 충명이 그들의 시선을 따라가다가 한순간 당황한 얼굴을 했다.

"그것을 느꼈나?"

그러나 누군가가 대꾸를 하기도 전에 문이 벌컥 열리더니 무당의 제자 하나가 헐레벌떡 뛰어 들어왔다.

"장문인! 크, 큰일 났습니다!"

모용기 등을 쳐다보고 있던 충명이 눈살을 찌푸리며 제자를 돌아봤다.

"무슨 일인데 이리 호들갑을 떠는 게냐? 손님이 계신 게 안 보이는 것이냐?"

질책하는 듯한 기색이 다분했다.

그러나 그 제자는 제 말이 우선이었다.

"그, 그게 천우상단의 대공자와 명진 사형의 친우 분들

사이에 분란이 생겨서……."

"천우상단이라고?"

"그렇습니다."

"이런……."

충명이 골치가 아프다는 얼굴을 했다.

천우상단의 대공자인 여중평의 행실이 나쁘다는 것을 잘 알고 있었기 때문이다.

문제는 그를 둘러싸고 있는 이들 역시 하나같이 만만한 이들이 아니라는 것.

여전히 경계심을 버리지는 못했지만 적어도 무당을 찾아 온 손님이 해를 입어서는 안 된다는 생각에 충명이 자리를 박차고 일어섰다.

"어디냐? 내가 직접 가 보도록……!"

그 때 모용기가 끼어들며 충명의 흐름을 끊었다.

"저희는 그만 가 봐도 될까요?"

모용기의 말에 충명이 황당하다는 얼굴을 했다.

"지금 그게 무슨 말인가? 자네 친구들이 지금……."

"아, 걔네 걱정은 안 해도 될 것 같아서요. 걔들은 내버려 두면 알아서 할 것 같아서…… 그보다 제가 마음이 좀 급한 데, 충허 진인을 빨리 뵈어도 될지……."

제 친구들이 위험에 처했음에도 관심조차 주지 않는 모용기의 모습에 충명이 얼굴을 찌푸렸다.

충명을 더 실망스럽게 한 것은 철무한과 명진 역시 모용기와 같은 태도를 보인다는 것이었다.

화가 치솟는지 충명이 와락 일그러진 얼굴로 목소리를 냈다.

"알아서 하게. 난 먼저 가 볼 테니. 안내하거라."

충명이 보란 듯이 거처를 나서 제자의 뒤를 따랐다.

그러나 자신의 뒤를 따르는 기척은 여전히 존재하지 않았다.

충허가 미간을 좁혔다.

'겁을 먹은 것 같지는 않은데……'

철무한이나 모용기는 잘 몰라도 명진은 잘 안다.

명진이 친구를 사귀었다는 것도 의외지만 자신의 친구들이 위험에 처했는데도 움직이지 않는다는 것은 더 의외였다.

잠깐 고민을 하던 충명은 일단 고개를 저어 잡념을 털어 냈다.

눈앞의 일이 먼저였다.

어지간해서는 급하게 움직이는 법이 없는 충명이었지만, 천우상단의 대공자는 예외였다.

성격이 고약한 데다 손속마저 잔혹해서 내버려 두면 누구 하나 죽어 나가는 것은 일도 아니었기 때문이다.

적어도 무당 내에서는 그런 일이 벌어져서는 안 된다.

제자를 재촉해서 순식간에 영관전에 도달한 충명이 버럭 소리를 지르려 했다.

"그, 그만…… 어라?"

그러나 충명은 눈을 동그랗게 뜨고 어리둥절한 얼굴을 했다.

그리고는 천우상단의 대공자 여중평의 멱살을 잡고 있는 소무결에게 시선을 던졌다.

"어? 장문인?"

소무결이 머쓱한 얼굴로 슬그머니 여중평의 멱살을 놨다.

지지대를 잃은 여중평의 신형이 털썩하고 바닥에 쓰러졌다.

그 주변으로 널브러져 있는 몇몇 개의 신형들.

분명 여중평을 호위하던 자들이었다.

충명이 어안이 벙벙한 얼굴로 다시 소무결을 찾았다.

"이게 어떻게 된 일이냐?"

참룡
회귀록

斬龍
回歸
錄

천우상단은 일 년에 한 번씩 무당에 공물을 보낸다.

대외적인 명분은 무당이 모시는 신령들을 받는다는 의미

였지만, 그 속뜻은 결국 무당과의 관계를 돈독히 하기 위함

이었다.

그리고 이번 일을 맡은 것은 천우상단의 대공자인 여중

평이었다.

제아무리 중원에서 제법 세가 큰 천우상단의 대공자라도

무당의 눈치는 보기 마련이지만 이번만큼은 달랐다.

어디에서도 돋보이는 제갈연과 철소화의 미모가 그의 눈

을 흐리게 만든 탓이다.

언뜻 봐도 무가의 자식들 같았지만 크게 신경을 쓰지 않

았다.

자신에게는 재력이 있었기 때문이다.

재력에는 당연히 무력이 따른다.

단 한 번도 실패한 적이 없었기에 자신감도 넘쳐났다.

그러나 채 반각도 되지 않아 자신의 생각을 전면 수정할 수밖에 없었다.

돌아온 결과는 참혹했기 때문이다.

천우상단이 자랑하는 호북사현은 어느새 초주검이 되어 바닥에 드러누워 있었고, 자신 역시 소무결에게 붙잡혀 얼굴이 떡이 되었다.

"그, 그만……."

더 이상 저항할 힘도 없던 여중평이 소무결에게 멱살을 잡힌 채 목소리를 쥐어짰다.

어릴 적 이후로 보인 적 없던 눈물이 십수 년 만에 주르륵 흘러내릴 정도였다.

그러나 소무결은 그만둘 생각이 없는지 픽 웃으며 말했다.

"내가 처음부터 하지 말라고 할 때 하지 말았어야지. 그땐 내 말 들은 척도 하지 않더니 이제 와서? 누구 마음대로?"

"나, 나는 천우상단의 여중평…… 날 건드리면……."

여중평이 말하고자 하는 의도는 명확했다.

그러나 소무결은 눈 한 번 깜빡하지 않았다.

"그래서 뭐 어쩌라고? 나 개방의 소무결이야, 이 자식아. 십만 거지새끼들이 천우상단 앞에 몰려가서 죽치고 있어 볼까? 어? 그것도 재밌겠네."

개방의 소무결이란 말에 여중평이 당황한 얼굴을 했다.

생각보다 상대의 신분이 만만찮았던 탓이다.

"어? 네, 네가……?"

"그렇다니까. 그러니까 일단 맞자. 싫으면 천우상단이 말라 죽는 꼴 한번 지켜보든가."

소무결이 다시금 주먹을 들었다.

여중평의 두 눈에 공포가 새겨졌다.

더 이상 저항할 방법이 없음을 눈치 챈 탓이다.

차라리 제압을 했다면 어떻게든 무마할 수 있었을 테지만, 그것은 상대 역시 마찬가지였다.

히죽거리는 소무결의 얼굴을 쳐다보던 여중평이 한순간 두 눈을 질끈 감았다.

비로소 체념한 것이다.

제 하고 싶은 대로 하는 여중평이었지만 기본적인 머리는 굴러갔다.

개방의 거지 떼들이 천우상단의 앞에서 널브러지는 순간 천우상단이 망한다는 것을 잘 알고 있었기 때문이다.

그러나 소무결은 멈추고픈 마음이 눈곱만큼도 없었다.

'개새끼들은 말을 들어 처먹을 때까지 두들겨야지.'

그것이 협을 지향하는 개방의 가르침에 부합한다 생각한 것이다.

이참에 제대로 한번 협을 행해 볼 생각이었다.

"협이란 좋은 거구나."

소무결이 상쾌하다는 얼굴로 히죽거렸다.

그 때 정주형이 얼굴을 찌푸리며 말했다.

"너 변태냐? 사람 패는데 뭘 그렇게 히죽거려?"

"뭔 소리야? 이게 다 협을……."

"시끄럽고. 빨리 끝내. 누가 오나 보니까."

"응?"

정주형의 말에 소무결의 귀가 쫑긋거렸다.

그리고는 누군가의 기척을 느낀 소무결의 얼굴이 다급해졌다.

"이런 씨! 아직 덜 팼는데."

부랴부랴 주먹을 들어 올리지만 이미 한발 늦었다.

어느새 모습을 드러낸 충명의 목소리가 소무결의 손목을 낚아챈 탓이다.

"그, 그만…… 어라?"

"어? 장문인?"

충명의 어리둥절한 시선을 접한 소무결이 여중평을 힐끔 쳐다보고는 아쉬운 듯 쩝하고 입맛을 다셨다.

그리고는 손을 놓자 지지대가 사라진 여중평이 스르륵 흘러내리더니 털썩하며 바닥을 굴렀다.

소무결이 머쓱한 얼굴로 충명을 쳐다봤다.

"장문인, 그간 별고 없으셨는지요?"

소무결의 정중한 인사에도 충명은 좀체 반응을 보이지 못했다.

눈앞의 상황을 받아들이기 어려웠던 탓이다.

천우상단이 자랑하는 호북사현은 강호에서도 제법 이름이 알려진 자들로서, 소무결 같은 후기지수들이 감당하기 어렵다 생각한 탓이다.

조금 시간이 지나고 무당의 인사들이 하나둘씩 모여드는 가운데 어느새 혼란스럽다는 눈을 수습한 충명이 제자들을 돌아보며 말했다.

"천우상단에서 온 손님들을 수습하라."

"예, 장문인."

몇몇 제자들이 부산스럽게 움직이기 시작하자 충명의 눈길이 다시 소무결을 향했다.

"무결이 너는 나와 얘기 좀 하자꾸나."

그리고는 소무결의 대꾸도 듣지 않고 신형을 돌리는 충명이었다.

그 모습을 난감한 눈으로 쳐다보던 소무결이 결국에는 끙하고 앓는 소리를 내자 운현이 픽 웃으며 말했다.

"그러게 적당히 좀 하라니까. 미친놈처럼 날뛰더니."

"시끄러. 나 갔다 올 테니까 조용히 있어."

"그게 네가 할 말은 아닌 것 같은데?"

운현이 픽 웃음을 보이며 무당의 제자들의 손에 실려 나가는 천우상단의 사람들을 힐끔거렸다.

소무결은 와락 얼굴을 찌푸리려다가 어느새 멈춰 서서 자신을 기다리고 있는 충명의 모습에 한숨을 푹 내쉬고는 힘없이 걸음을 옮기기 시작했다.

천왕봉으로 향하는 동안 명진의 얼굴이 조금씩 풀려졌다.

그리 큰 변화는 아니었지만 제법 많은 시간을 명진과 함께 보낸 철무한은 그것을 어렵지 않게 잡아낼 수 있었다.

철무한이 모용기를 툭 치며 앞서나가는 명진을 턱짓했다.

"저 녀석 기분 좋은가 본데?"

"아무래도. 몇 년 만에 집에 온 거 아니냐? 기분이 좋을 수밖에 없겠지."

"하긴, 나도 집에 가면 그럴 테니까. 근데 여기 경치는 진짜 좋은데? 아까부터 느끼는 건데 산 위에다 건물을 지을

만도 하네."

철무한이 주변을 두리번거리다가 크게 기지개를 폈다.

맑은 공기가 콧속으로 스며들어 오며 청량한 느낌을 주는 것이 기분이 좋았다.

철무한이 모용기를 힐끔거리며 말했다.

"이거 생각보다 괜찮은데? 나도 우리 아버지한테 말해서 패천성을 산속으로 옮겨 보자고 말해 볼까?"

"관둬. 누구 고생시키려고? 그리고 산속에 있는 건 신무문도 마찬가진데, 거기에서는 별다른 감흥도 없었다며?"

"거긴 너무 끈적거려서. 이 정도면 살아 볼 만할 것 같은데……."

철무한이 제 생각을 접지 않고 주변을 두리번거렸다.

모용기가 픽 웃으며 말을 덧붙였다.

"산속에는 여자 없다."

이것은 중요한 문제다.

철무한의 얼굴이 딱딱하게 굳어지더니 고개를 휘휘 저었다.

"그냥 해 본 말이야. 패천성이 산은 무슨…… 무슨 도관도 아니고."

딱 예상했던 반응이다.

제 생각과는 한 치도 벗어나지 않는 철무한을 쳐다보며 모용기가 소리 없이 웃음을 보일 때, 명진이 걸음을 멈추며 뒤를 돌아봤다.

"다 왔다."

"응? 벌써?"

철무한이 눈을 동그랗게 뜨고 시선을 돌렸다.

제법 빠르게 이동하긴 했지만 생각보다 먼 거리가 아니라 생각한 탓이다.

그러나 그것은 철무한의 생각일 뿐이다.

거리는 그리 멀지 않아도 봉우리가 제법 험한 탓에 경공이 경지에 이른 자가 아니면 천왕봉을 올라오는 데 제법 많은 시간이 걸리기 때문이다.

다만, 주변 경관에 눈이 팔려 철무한이 그 점을 눈치 채지 못한 것이다.

굳이 그 점을 짚어 줄 생각이 없는지 모용기는 별다른 대꾸 없이 앞으로 나섰다.

이내 그들의 정면에 모습을 드러낸 집 한 채.

방 두 개에 부엌 하나만이 딸려 있어 초라하다 싶을 정도로 아무렇게나 만들어진 자그마한 초가집이었다.

그것을 쳐다보던 모용기가 명진에게 시선을 돌렸다.

"여기서 자랐던 거냐? 너네 사부와 둘이서?"

"그래."

"어쩐지. 밖에서 사람들과 좀 섞이기만 했어도 성격이 그 모양은 아니었을 텐데……."

명진의 폐쇄적인 성격은 선천적인 것도 있지만 후천적인 것도 한몫했다는 것을 비로소 알 수 있었다.

다른 사람들과 접촉이 없다 보니 자연스레 폐쇄적인 성격이 된 것이다.

명진은 모용기에게 별다른 대꾸를 하지 않고 초가집으로 시선을 돌렸다.

"아무래도 안 계신 것 같은데······."

초가집에서는 아무런 기척도 잡히지 않았다.

그것은 모용기 역시 마찬가지였다.

"그러게. 어디 가셨나? 짐작 가는 곳이라도 있어?"

모용기의 질문에 명진이 고개를 저었다.

분명 천왕봉 어딘가에는 있겠지만 워낙 활동 반경이 넓어서 좀체 짐작이 가지 않은 탓이다.

"천왕봉을 다 찾아볼 생각이 아니라면 기다리는 것이 나을 것 같다."

명진의 말에 철무한이 한 걸음 나서며 고개를 끄덕였다.

"그러는 게 좋을 것 같다. 그보다 뭐 먹을 것 없나? 나 배고픈데······."

아침 일찍부터 움직였는데 벌써 정오가 넘어섰다.

바쁘게 움직인 탓에 아직 먹은 것이 없어 슬슬 허기가 느껴질 시간이었다.

명진이 말없이 앞장서서 자신이 자라났던 초가집으로 들

어섰다.

뭔가 먹을 것이라도 찾아볼 생각이었다.

그런데 그 순간 익숙한 목소리가 초가집 안에서 흘러나오며 명진을 맞이했다.

"왔으면 얼른 들어오지 않고."

약하지만 또렷하게 귀에 틀어박히는 목소리였다.

명진이 저답지 않게 동그랗게 눈을 떴다.

그와 동시에 모용기가 당황한 얼굴을 했다.

"어? 이, 이게……."

모용기 못지않게 당황한 철무한의 시선이 얼른 모용기를 찾았다.

"너도 몰랐어?"

자신이나 명진은 몰라도 그보다 몇 단계 위의 기감을 가진 모용기가 눈치 채지 못했다는 것에 놀라움을 느끼는 철무한이었다.

모용기가 어느새 당황한 모습을 지워 내며 입을 꼭 다문 채 딱딱한 얼굴을 할 때.

초가집 안에서 재차 목소리가 흘러나오며 명진을 재촉했다.

"손님들이 오신 것 같은데 언제까지 기다리게 할 수는 없는 노릇 아니냐? 안으로 모시거라."

◆ ❖ ◆

　몇 년 만에 마주한 충허의 겉모습은 예전과 크게 달라진 것이 없는 모습이었다.

　그러나 흘러나오는 분위기는 판이하게 달랐다.

　예전에는 거대한 존재감을 뿜어내며 상대를 짓누르는 듯한 모습이었지만, 지금은 어딘가 초탈해 보이는 모습으로 그 존재감을 모조리 걷어 내 버렸다.

　주변에 완벽히 동화된 듯 사람이라면 응당 지니고 있어야 할 기척마저 지워 내 버린 충허.

　그런 그를 바라보며 모용기가 딱딱한 얼굴을 하고 있을 때.

　거처를 살피던 명진이 얼굴을 찌푸리며 자리에서 일어섰다.

　"청소부터 하겠습니다."

　명진이 자리에서 일어서자 철무한이 그를 쳐다보며 말했다.

　"청소?"

　그제야 주위를 돌아본 철무한이 미간을 좁혔다.

　주변으로 발 하나 디딜 곳 없이 하얀 먼지가 소복이 쌓여 있었던 탓이다.

　심지어 한쪽 벽에 고이 포개진 이불에도 먼지가 쌓여 있었다.

오직 자신들이 움직인 곳에만 흔적이 남았을 뿐, 다른 곳들은 어디 하나 흐트러진 곳이 없었다.

철무한이 당황스러운 속내를 감추지 못했다.

"이, 이거……."

눈앞의 상황이 의미하는 바는 단 하나.

충허가 오랜 시간 제자리에서 움직이지 않았다는 것이었다.

충허의 어깨 위에도 한껏 쌓인 먼지들이 그 증거였다.

철무한이 눈을 동그랗게 뜨고 모용기를 쳐다봤다.

그러나 답을 모르기는 모용기 역시 마찬가지였다.

이럴 때 해결책은 하나다.

모용기가 충허와 시선을 마주하며 목소리를 냈다.

"외람되오나 가르침을 청할까 합니다."

모용기의 청에 충허의 눈초리가 몇 년 만에 가늘게 휘어졌다.


초가집 앞마당에서 서로를 마주한 충허와 모용기.

충허는 편안한 얼굴로 뒷짐을 쥐고 있는 반면, 명진의 검을 빌린 모용기는 미간을 잔뜩 찌푸린 걸로 모자라 시간이 지날수록 식은땀이 배어나는 모습이었다.

둘을 물끄러미 쳐다보고 있던 철무한이 명진을 툭툭 쳤다.

"저 자식이 꼼짝도 못 하고 있는 걸 보면, 너네 사부 생각 보다 고수인가 보다?"

지금의 경지에 이르지 못했을 때도 상대를 가리지 않았 던 모용기였다.

봉마곡에 들어섰을 때도 자신보다 한참은 윗줄에 있는 노인들을 향해 덤벼들기를 주저하지 않았었으니까.

예외가 있다면 노도진이었다.

다만 노도진에게 덤비지 않은 것은 분명한 이유가 있었 다.

그러나 충허의 경우는 달랐다.

모용기가 충허를 향해 검을 겨누지 않을 이유가 없었다.

그 부분을 철무한이 짚은 것이다.

명진 역시 그와 같은 생각이었다.

"으음……."

그러나 명진은 제 생각을 말하기보다 지켜보는 쪽을 선 택했다.

제 얕은 무위로는 저들의 생각을 읽을 수가 없다는 것을 알아챈 것이다.

그 때, 한동안 모용기와 시선을 마주하고 있던 충허가 말 했다.

"이번에도 죽을 것 같으냐?"

"이번에도?"

뜬금없는 질문에 고개를 갸웃거리는 모용기.

그러나 조금 시간이 지난 후엔 이내 뭔가를 떠올린 듯 픽 웃어 보였다.

처음 충허를 만났을 때 겁을 먹고 차마 검을 들이밀지 못했던 기억을 떠올린 것이다.

모용기가 고개를 저었다.

"아니요. 그런 것은 아닙니다."

"그게 아니다?"

"예. 그때는 진짜 무서웠는데, 이번에는 이상하게 그런 생각은 들지 않는군요."

충허가 빙그레 웃으며 다시 말했다.

"그렇다면 왜 덤비지 않고 그렇게 시간을 끄는 것이냐?"

"그게……."

모용기는 잠깐 망설이는 얼굴로 말을 끊었다.

그러나 그것이 의미가 없다는 것을 알아차리는 데는 오랜 시간이 걸리지 않았다.

자신을 바라보고 있는 충허의 눈길에서 이미 자신의 모든 것을 꿰뚫어 보고 있다는 것을 느꼈기 때문이다.

모용기가 후 하고 한숨을 내쉬며 목소리를 냈다.

"뭘 해야 할지 모르겠습니다."

솔직한 감상이었다.

충허를 마주한 모용기는 정말로 무엇을 해야 할지 갈피를 잡지 못했다.

단순히 빈틈을 찾아내는 것은 별다른 문제가 되지 않았다.

그것은 이미 수없이 찾아 뒀다.

손을 뻗으면 단숨에 숨통을 끊어 버릴 수 있을 정도로 빈틈이 가득한 충허였으니까.

그러나 무슨 이유에서인지 손이 나가지 않는다.

묵직한 무언가가 검을 들고 있는 자신의 손을 꾹 내리누르고 있는 듯한 느낌이었다.

머리로는 이미 검을 수백 번 뻗어 내고도 남았으나, 몸이 거부를 하고 있는 것이다.

모용기가 난감하다는 얼굴을 하고 있자 충허가 다 안다는 얼굴로 고개를 끄덕였다.

"너는 지고 싶지 않구나."

"네?"

모용기가 눈을 동그랗게 떴다.

그러나 조금만 생각을 해 보면 답은 어렵지 않았다.

"세상에 지고 싶어 할 사람은 없지 않겠습니까?"

"그 말이 아니다. 너는…… 어깨에 짊어진 것이 너무 많구나."

"예?"

모용기가 이전과 같은 반응을 보였다.

충허는 여전히 잔잔한 미소를 머금은 얼굴로 말을 이었다.

"내가 조언을 하나 해도 되겠느냐?"

"조언이라 하시면……."

어리둥절한 얼굴을 하던 모용기는 냉큼 고개를 끄덕였다.

충허 정도의 말도 안 되는 고수라면 그것이 무엇이든 도움이 될 것이란 생각이었다.

"저야 감사할 따름입니다. 경청하겠습니다."

모용기가 감사의 의미로 검을 거꾸로 잡고 양손을 모았다.

가만히 고개를 끄덕인 충허는 한 걸음 물러서 있던 명진과 철무한을 힐끔 쳐다보며 말했다.

"너희들도 들어 두는 것이 도움이 될 게다."

충허의 말에 명진보다 철무한이 더 움찔하며 반응했다.

"무슨 가르침이시온지……."

그러나 충허는 이미 둘에게서 시선을 돌렸다.

충허가 모용기와 시선을 마주하며 말했다.

"네 목표는 무엇이냐?"

"제 목표요?"

뜬금없는 질문에 모용기가 고개를 갸웃거렸다.

의도를 알 수 없었기 때문이다.

그런 모용기의 반응을 예상이라도 했다는 듯이 충허는 다음 질문을 이어 갔다.

"돈이냐? 명성이냐? 혹은 흔히 말하는 해탈이냐? 무언가 하나 정도는 있을 것이 아니더냐?"

그제야 충허의 의도를 명확하게 파악한 모용기였다.

미간에 주름을 잡던 모용기가 잠깐의 고민 후에 제 답을 내놓았다.

"걱정 없이 사는 겁니다."

사람에 따라 다르겠지만, 모용기가 원하는 것은 바로 그 것이다.

돈은 있으면 좋지만 없으면 벌면 되는 것.

명성이란 것이 따르면 귀찮기만 할 뿐이다.

신선이나 부처가 될 것도 아닌데 굳이 해탈을 원할 이유 도 없었다.

아득바득 무공을 익혀 저들을 꺾어 놓으려는 이유는 결 국 하나다.

싫은 꼴 보지 않고 편안하게 사는 것이 바로 그 이유였다.

그러한 대답을 예상이라도 했다는 듯이 충허가 고개를 끄덕였다.

"그럴 것 같더구나. 그렇다면 걱정 없이 살기 위해서는 어떻게 해야 될까? 생각해 본 적이 있느냐?"

"물론입니다. 제 앞을 막고 있는 것을 다 치워 버리면 될 일 아닙니까?"

패기 넘치는 모용기의 대구에 충허가 웃음을 보였다.

"그럴 수도 있겠지. 그렇지만 할 수 있겠느냐?"

이번에는 모용기도 쉽게 대답하지 못했다.

당장 눈앞의 충허는 어림도 없었고 일전의 노도진조차 쉬운 상대가 아니었기 때문이다.

아무 말 없이 자신을 쳐다보는 모용기를 향해 충허가 다시 말했다.

"조금 힘을 빼는 것이 어떻겠느냐?"

"힘을 뺀다구요?"

"그래. 힘을 조금 빼 보거라. 힘을 빼고 편하게 생각해 보거라."

자신의 말이 이해가 가지 않는지 어리둥절한 얼굴을 하는 모용기를 향해 충허가 계속 말을 이었다.

"원래 삶이란 것이 그러한 것이 아니더냐? 고통도 있고 괴로움도 있고. 그런데 한 발만 물러서서 보면 그 역시 별일이 아니지. 조금 시간이 지나고 보면 언제 그랬냐는 듯이 다 잊고 살지 않더냐?"

무공에 관한 얘기가 나올 것이라 생각했던 모용기의 기대를 저버리는 듯한 말이었다.

모용기가 조금은 실망한 듯한 얼굴을 보였지만 충허는

신경 쓰지 않고 계속 목소리를 냈다.

"세상은 변해 가는 것이다. 나라가 망하기도 하고 다시 세워지기도 하지. 그렇다면 괴로움을 즐거움으로 바꾸는 것도 가능하지 않겠느냐? 원하지 않으면서도 부담이 가는 일을 떠안게 될 때도 있겠지만, 그렇다면 떠안고 있는 것을 버리는 것도 가능하지 않겠느냐? 무슨 말인지 이해가 가느냐?"

조금도 이해가 가지 않는다.

그것은 모용기만이 아니라 철무한 역시 마찬가지였다.

그나마 도가의 공부를 조금이나마 접했던 명진 정도만이 어렴풋하게나마 무언가가 잡힐 것 같았을 뿐이었다.

충허가 이번에는 천천히 셋을 돌아보며 말했다.

"보이는 것에 구애되지 말거라. 들리는 것에 매달리지 말고. 흔들리는 마음에 붙잡히면 도움이 되지 않는다. 살다 보면 이런저런 일을 겪게 될 것이다. 즐거움도 있고 괴로움도 있고. 하지만 그런 것들은 거기에 두고 가거라. 그게 무(無)라는 녀석이니까."

"무(無)……?"

충허가 말하고자 하는 바가 무엇인지 여전히 감이 잡히지 않는 모용기였다.

그러나 저도 모르게 충허의 얘기 속으로 빨려 들어가는 모습이었다.

충허가 다시금 모용기를 쳐다보며 말했다.

"착각은 하지 말거라. 마음을 놓아 버리라는 말은 아니니까. 다만 받아들이는 것에 조금 변화를 주라는 것이지. 그렇게 쫓기듯 살아가는 것보다는 조금은 여유를 가지는 것이 좋다는 말이다."

그 말을 끝으로 충허가 뒷짐을 진 손을 풀었다.

직후 어딘가에서 나뭇가지 하나가 그의 손으로 스르륵 빨려 들어갔다.

허공섭물이란 것은 눈치 챌 수 있었지만, 자신의 그것과는 어딘가 모르게 다른 느낌을 주는 듯했다.

모용기가 충허의 손에 들린 나뭇가지를 홀린 듯한 눈으로 쳐다보고 있을 때, 충허가 다시 말했다.

"잘 보거라. 딱 한 번만 보여 줄 테니까."

그 말과 동시에 충허가 모용기를 향해 나뭇가지를 휙 그었다.

별다른 힘도, 내력도, 기세도 실리지 않은 지극히 평범한 움직이었다.

그러나 받아들이는 입장에서는 달랐다.

"컥!"

무언가 심장을 쿡 찌르는 느낌에 모용기의 허리가 단번에 굽혀졌다.

그리 큰 통증은 아니었지만 좀처럼 허리를 펼 수가 없었다.

그리고 조금 시간이 지나자 온몸이 덜덜 떨릴 정도로 싸늘한 한기가 차오르는 느낌이었다.

참다못한 모용기가 기어이 털썩하고 무릎을 굽히자 지켜보고 있던 철무한이 당황한 얼굴을 했다.

"야, 인마!"

철무한이 냅다 모용기를 향해 달렸다.

그러나 명진은 철무한과 함께하기보다는 제 사부를 쳐다보는 것을 선택했다.

명진의 시선을 느낀 충허가 그를 쳐다보며 말했다.

"보았느냐?"

명진은 말없이 고개를 끄덕였다.

그러나 그 단순한 동작에 담긴 의미는 알아보지 못한 얼굴이었다.

명진의 생각을 읽은 충허가 웃으며 말했다.

"알아보지 못해도 기억만 하고 있으면 된다. 언젠가는 네게 기회가 갈지도 모를 일이니까."

그 때, 철무한의 부축을 받은 모용기가 자리에서 억지로 일어섰다.

"비, 비켜."

"어? 야, 야 인마."

모용기가 당황하는 철무한을 밀쳐내며 충허를 향해 다시금 검을 들었다.

모용기가 새파랗게 질린 얼굴로 덜덜 떨리는 목소리를
냈다.

"다, 다시 하, 한 번만……."

말이 뚝뚝 끊어져 나왔지만 의미를 알아듣기에는 부족함
이 없었다.

그리고 그 안에 담긴 간절함을 알아보기에도 충분했다.

그러나 충허는 다시 나뭇가지를 들기보다는 어느새 흩날
리던 눈발이 걷히며 청명해진 하늘을 올려다봤다.

"아쉽지만 내 몫은 여기까지구나."

그와 동시에 충허의 신형이 먼지처럼 흩날리기 시작했
다.

조금씩 흐릿해져 가는 충허의 신형에 명진이 가장 먼저
반응했다.

"사부님!"

단숨에 거리를 좁힌 명진이 손을 뻗었다.

명진의 손에 충허의 팔이 닿은 순간 충허의 팔이 부스스
스러졌다.

"어? 어?"

명진이 당황한 얼굴을 했다.

충허가 여전히 미소 지은 얼굴로 고개를 저었다.

"그럴 것 없다. 이렇게라도 시간을 준 것에 오히려 감사
해야 할 것 같으니까."

"하, 하지만……."

"내가 보여 준 것을 네 것으로 만들 수 있다면 다시 만날
수 있을 테니 마음 쓸 것 없다. 그리고……."

충허가 다시 모용기를 쳐다봤다.

"한 걸음 물러서서 지켜보거라. 어깨에 짊어진 짐을 덜어
낼 수 있다면 더 좋고. 결국에는 무(無)다. 잊지 말거라."

이제는 간신히 형체만을 유지할 정도로 완연히 흐릿해진
모습이었지만 목소리만큼은 또렷했다.

그러나 그마저도 한 번 눈을 감을 시간이 지나자 완전히
흩어져 버렸다.

충허가 사라진 자리를 현실감 없는 얼굴로 멍청히 쳐다
보고만 있는 명진.

그리고 그와 비슷한 얼굴을 하고 있는 모용기와 철무한.

그중에서 가장 먼저 반응을 보인 것은 철무한이었다.

셋 중에서 가장 먼저 정신을 차린 철무한이 황당하다는
얼굴로 말했다.

"하다 하다…… 내가 우화등선을 다 보네."

모용기가 넋이 나간 얼굴의 명진을 힐끔 쳐다보고는 철
무한의 옆구리를 쿡 찔렀다.

"아야! 왜? 왜 또?"

"생각 없는 자식."

❖ ❖ ❖

무당에 머무르는 기간이 예상치 못하게 길어졌다

천왕봉에 눌러앉은 모용기와 철무한, 명진 때문이었다.

그들이 산에서 내려올 생각을 하지 않자 자연스레 다른 이들 역시 무당에 발이 묶인 것이다.

무료함에 하나둘씩 목검을 집어 들었지만 그조차도 시간이 지나며 차츰 시들해져 갔다.

서로의 실력을 훤히 들여다보는 데다 실력마저 고만고만 했기에 쉽게 승부가 나지 않고 시간만 오래 걸렸다.

게다가 진검마저 쓰지 못해 긴장감이 떨어진 탓에 흥이 식어 버린 것이다.

이후로는 지루한 시간의 연속이었다.

모용기 등이 내려오길 기다리며 멍하니 천왕봉을 쳐다보다 하루를 마감하는 것이 일상이 되었던 것.

그렇게 얼마간의 시간이 흘렀을까?

여느 때처럼 땅바닥을 뒹굴거리던 소무결이 제 옆에서 데굴데굴 구르고 있는 임무일을 쳐다봤다.

"걔네들은 대체 언제 내려온대?"

"그걸 왜 나한테 물어? 나도 모른다니까."

"그제 천왕봉에 올라갔었잖아. 뭐 다른 말 없었어?"

"있었겠어? 알면서 뭘 물어봐?"

임무일의 핀잔에 소무결이 끙하고 입을 다물었다.

자신 역시 몇 번이나 천왕봉에 올라갔었지만 별다른 소득이 없었기 때문이다.

소무결이 다시 임무일을 쳐다봤다.

"이거 어쩌지?"

"뭘?"

"뭐긴 뭐야? 여기 계속 머무르는 거 말이야. 우리나 너네나 시간이 별로 없는데……."

소무결이 난처한 얼굴을 했다.

그도 그럴 것이, 순무대전이 열리기까지 남은 시간은 이제 8개월가량.

그 안에는 각자 정무맹과 패천성으로 복귀해야 했다.

그것이 홍소천과의 약속이었다.

그 사실을 떠올린 임무일이 얼굴을 찌푸리더니 언제까지나 바닥에 달라붙어 있을 것만 같았던 등짝을 드디어 떼어냈다.

그리고는 여전히 바닥에 달라붙어 있는 소무결을 쳐다보며 말했다.

"너도 그만 일어나. 이제 움직여야 할 것 같으니까."

"움직여? 뭘?"

"네 말대로 순무대전이 코앞이잖아. 그 자식들은 그렇다 쳐도 우리라도 돌아가야지. 몇 년을 준비한 건데, 안 돌아

가면 진짜 큰일 날걸?'

정무맹과 패천성이 강호에서 존재감을 드러내는 가장 큰 행사 중 하나가 바로 순무대전이었다.

그만큼 심혈을 기울이는 일이다.

일이 틀어지면 좋은 소리를 듣지 못할 것이다.

그러나 소무결의 옆에 드러누워 있던 운현은 심드렁한 얼굴로 말했다.

"다른 애들한테 하라고 하면 되잖아? 거기 나갈 사람이 우리만 있는 것도 아니고."

어느 순간 목표가 바뀌어 버린 운현이었다.

처음 용봉관에 입관할 때만 해도 순무대전 참여가 궁극적인 목적이었지만, 지금은 순무대전 따위는 아무래도 좋다는 생각이었다.

그러나 임무일은 고개를 저었다.

"이미 우리를 봤는데 다른 녀석들이 눈에 차겠냐? 우리 성이나 정무맹이나 다른 녀석들은 이제 고려 대상도 아닐걸? 제시간 못 맞추면 진짜 잡아먹으려고 들지도 모르니까 일단 가는 게 좋을 것 같다."

임무일의 말에 운현이 얼굴을 찌푸렸다.

"거기 가 봐야 어차피 또 너네들이고…… 이거 진짜 지겨운데……."

그 때 임무일의 옆에서 뒹굴거리고 있던 철소화가 상체를 일으키며 고개를 쏙 내밀었다.

"꼭 그렇지만도 않을걸? 오빠들 아직까지 제대로 싸워 본 적 없잖아? 진심으로 싸워 보면 또 다르지 않을까?"

철소화의 말도 일리가 있었다.

그리고 그것이 구미가 당기는지 운현이 슬그머니 자리에서 상체를 일으켰다.

임무일을 묘한 눈으로 쳐다보는 운현의 모습에 픽 웃음을 보인 소무결이 이내 다시 철소화에게로 시선을 돌렸다.

"네가 어쩐 일로 그런 말을 다 하냐? 넌 기아 놈 옆에서 떨어질 마음 없는 거 아니었어?"

"어? 맞는데? 난 기아 오빠 옆에 있을 건데?"

임무일이 얼굴을 찌푸리며 철소화를 돌아봤다.

"순무대전 때문에 돌아가야 한다는 건 너도 마찬가지 아니었어?"

"어, 맞아. 돌아가야지."

"그렇게 고개만 끄덕일 게 아니고…… 앞뒤가 안 맞잖아, 지금. 돌아가야 한다면서 기아 놈 옆에 있을 거라니? 그게 무슨 말이야?"

"안 맞긴 뭐가 안 맞아? 그러니까 오빠들이랑 언니들은 돌아가라고. 난 여기 남을 테니까."

❖ ❖ ❖

벌써 무당 장문인과의 두 번째 독대.

평생에 한 번 얼굴을 보기도 힘든 충명과 두 번이나 독대를 한다는 것.

분명 운이 따른 것이라는 건 확실했다.

그러나 소무결의 입장에서는 그것이 행운인지 악운인지 분간이 되지 않았다.

소무결이 영 불편하다는 얼굴로 충명을 쳐다볼 때, 충명이 먼저 입을 열었다.

"이제 내려가겠다고?"

"그렇습니다. 이제 순무대전도 얼마 남지 않았고 마냥 시간을 보낼 수가 없어서……."

"천왕봉에 올라간 아이들은 아직 내려올 기미가 없어 보이는데."

"그게 그 녀석들은 저희도 방법이 없어서…… 그렇다고 개들이 내려오기만을 기다릴 수만은 없어서요."

사정을 알고 있던 충명이 고개를 끄덕였다.

강호에서 가장 큰 행사를 앞두고 있는 만큼 소무결 등의 시간이 촉박하다는 것을 짐작한 것이다.

자신 역시 곧 무당을 내려가 정무맹으로 향해야 했던 만큼 더 확실하게 알 수 있었다.

그러나 충명은 아직 질문이 남아 있었다.

"그래서, 충허는 아직도 소식이 없는 것이냐?"

어련히 잘 지내겠거니 하고 내버려 둔 것이 화근이 되었다.

충허가 갑자기 자취를 감춰 버릴 줄은 상상조차 못했던 탓이다.

다른 이들의 말이라면 의심부터 들겠지만, 충허의 제자인 명진이 함께 나서니 그러지도 못했다.

충명은 제 사제에 대한 걱정이 한가득한 모습이었다.

그러나 소무결은 충명의 기대를 채워 주지 못했다.

소무결이 조금은 죄송스럽다는 얼굴로 목소리를 냈다.

"그게…… 몇 번 가 봤는데 여전히 자리를 비우고 계셔서……."

"그런가? 알겠다. 사제의 실력으로 봐서는 별다른 일은 없을 터이니 걱정할 필욘 없겠지. 그보다 언제 떠날 것이냐?"

소무결이 자신의 부담을 덜어 주는 충명에게 살짝 고개를 숙인 후 다시 말했다.

"더 시간을 끄는 것도 뭣해서 내일이라도 바로 출발할 생각입니다."

"내일? 아직 시간이 좀 있는데 그렇게 급하게 서두를 이유가 있나? 차라리 나와 함께 내려가는 것이……."

"일단 친구들 배웅도 좀 해야 돼서요. 그냥 내버려 두면 문제가 생길 것 같아서……."

"친구들? 패천성의 아이들을 말하는 것인가?"

"그렇습니다."

소무결이 고개를 끄덕이자 충명의 눈빛이 조금은 가라앉았다.

자신이 보고 들어 왔던 것이 있었기 때문에 여전히 패천성에 대한 껄끄러움이 남아 있었던 탓이다.

그러나 충명은 얼른 고개를 저었다.

자신의 기색을 알아차린 소무결이 자신의 눈치를 보기 시작한 탓이다.

"그럴 것 없다. 잠깐 다른 생각이 들어서 그런 것이니. 그보다 그 아이들을 배웅하고 나면 바로 맹으로 향하는 것이냐?"

"아 그게…… 다른 일도 좀 남아 있어서……."

"다른 일?"

충명이 고개를 갸웃거리며 반문했다.

그러나 이번에는 대답할 마음이 없는지 소무결은 입을 꾹 다물었다.

충명이 쩝하고 입맛을 다셨다.

그러나 주의를 주는 것은 잊지 않았다.

"지난번처럼 문제가 될 만한 일은 하지 않으리라 믿겠다."

소무결 등이 패천성의 영역으로 들어가서 자취를 감추는 바람에 정무맹과 패천성 간의 사단이 벌어진 것을 말함이다.

충분한 주의를 주는 것이 필요하다 생각했다.

소무결은 냉큼 고개를 끄덕였다.

"물론입니다. 다시는 그런 일이 없을 겁니다."

"그 녀석 말은…… 어쨌든 믿겠다. 그럼 조심해서 내려가 거라."

충명의 말이 끝난 듯하자 소무결이 조심스레 자리에서 일어섰다.

"그럼 전……."

그때, 충명이 다시 목소리를 냈다.

"아, 그런데."

"예? 더 하실 말씀이 남으셨는지……?"

소무결의 엉거주춤한 자세로 충허를 쳐다봤다.

충허가 고개를 끄덕이며 말했다.

"지난번 천우상단의 대공자를 기억하나?"

"아, 그 생겨 먹다 만 새…… 아니, 기억납니다."

소무결이 얼른 말을 고치자 충명이 픽 웃음을 보였다.

그러나 어느새 얼굴을 고치며 신중한 말투로 목소리를 냈다.

"그 친구 성정이 지독한 면이 있다. 내 일단 단단히 경고를 하긴 했다만, 그래도 무당을 내려가면 조심하는 것이 좋을 게다.”

충명이 나름 소무결 등을 생각해서 한 말이었다.

그러나 소무결은 대수롭지 않다는 얼굴이었다.

'지들이 망하려고 작정한 것도 아니고. 생각이 있으면 집 안에 가둬 놓고 아무런 짓도 못 하게 해야 할 판에.'

개방과 부딪치면 천우상단만 손해였다.

그 정도 생각은 있으리라 예상했기에 별다른 걱정이 들지 않는 것이다.

그러나 속생각과는 달리, 소무결은 별다른 토를 달지 않고 일단 고개를 끄덕이는 것을 택했다.

“감사합니다. 조심하겠습니다.”

모처럼 천왕봉을 찾은 제갈연의 시선에 제일 먼저 잡힌 것은 여느 때처럼 목도를 휘두르고 있는 철무한이었다.

철무한이 자신의 도에 집중하는 것을 확인한 제갈연이 섣불리 다가서지 못하고 잠시 주춤거리는 동안, 그녀의 기척을 느낀 철무한이 어느새 자신의 목도를 거둬들이더니 불쑥 치솟아 오르듯 제갈연의 앞으로 모습을 드러냈다.

“어쩐 일이야?”

여전히 기척을 잡아내기는 어려웠지만 이미 같은 움직임에 익숙했던 제갈연은 더 이상 화들짝 놀라는 모습을 보여 주지 않았다.

대신 침착한 얼굴로 제 용건을 꺼내 들었다.

"모용 공자를 만나러 왔어요."

"기아?"

"예."

"그럼 여기로 올 게 아니라 늘 있던 곳에 가면 될 일이잖아?"

"혹시 아직도……."

"그래. 그 자식 거기에 꿀이라도 발라 놨는지 딱 달라붙어서 움직이지도 않더라고. 대체 무슨 생각인지 모르겠다니까."

철무한이 마음에 들지 않는다는 얼굴로 투덜거렸다.

그러나 제갈연은 걱정이 앞서기 시작했다.

"제대로 먹지도 않는 것 같던데……."

"그렇게 걱정되면 가서 끌어내 봐. 다른 사람은 몰라도 네 말이라면 들을지도 모르니까."

철무한의 말에 제갈연이 어색하게 웃음을 보였다.

철무한이 어깨를 들썩이며 재차 목소리를 냈다.

"관심도 없는 사람 붙잡고 늘어지지 말고 어서 가 봐. 가서 어떻게든 끌어내 봐. 끌어내서 무슨 생각인지 물어보고 나한테도 얘기 좀 해 주고."

"할 수 있으면 해 볼게요."

"알았으니까 얼른 가 봐."

철무한이 고개를 끄덕이는 것을 마지막으로 제갈연이 신형을 돌리려던 순간, 문득 무슨 생각이 들었는지 그녀가 재차 철무한을 돌아봤다.

철무한이 고개를 갸웃거렸다.

"아직 볼일이 남았어?"

"아, 그게…… 명진 도장은 어쩌고 있나 궁금해서요."

"명진? 그 자식도 똑같지 뭐. 천왕봉 꼭대기에 앉아서 제 사부가 언제 오나 꼼짝 않고 기다리고 있는 거."

대외적으로 알려진 충허의 거취는 실종이다.

그것이 서로 편하기 때문이다.

명진의 경우 역시 제 사부를 잃은 슬픔을 달래는 것보다는 제 사부를 기다리는 것으로 알린 것이다.

그리고 그 말을 믿은 제갈연은 걱정스럽다는 얼굴로 명진이 있는 천왕봉의 꼭대기를 쳐다봤다.

철무한이 고개를 저었다.

"그 자식은 걱정할 것 없어. 그래도 말하면 반응은 하니까. 그러니까 기아 녀석한테나 가서 그 자식 좀 끌어내 봐."

"그럴까요?"

"그렇다니까. 얼른 기아 자식한테나 가 봐."

제갈연이 고개를 끄덕이더니 그제야 신형을 돌려 멀어져 갔다.

그녀의 신형이 완전히 시야 밖으로 사라진 직후, 제갈연이 그랬던 것처럼 철무한의 시선이 천왕봉 꼭대기로 향했다.

"이 자식 이거 아무래도 뭔가 있는 것 같은데……."

단순히 충허를 잃은 슬픔을 달랜다는 것으로 보기엔 무리가 있었다.

명진의 기도가 미약하게나마 변하는 것을 알아볼 수 있었기 때문이다.

"젠장. 이러다가 나만 뒤쳐지는 거 아닌지 몰라."

철무한이 저도 모르게 목도를 잡은 손에 힘을 더했다.

목도에서 선명한 도기가 불쑥 치솟아 올랐다.

약하디약한 나무로 만들어진 도는 도기를 감당하지 못한다.

강호에서 찾아보기 힘든 기사를 철무한이 선보이고 있는 것이다.

"이러고도 뒤쳐질까 걱정한다는 게…… 젠장. 하필이면 괴물들이랑 엮여 가지고는……."

못마땅하다는 눈으로 목도에서 뿜어지는 도기를 쳐다보던 철무한은 이내 고개를 젓고 말았다.

이러고 있는 시간도 아까웠다.

격차가 더 벌어지지 않게 하기 위해서는 더 많은 노력을 쏟아부어야 했다.

어느새 선명한 도기가 사라진 볼품없는 목도를 꾹 움켜쥔 철무한은 다시금 도를 움직이기 시작했다.

자신이 아는 것은 그것뿐이었기 때문이다.

사람의 발길이 닿지 않은 곳인지 각종 덤불이 무성하게 자라나 있는 숲길.

평범한 이라면 제법 곤란한 상황일지도 모르겠지만, 제갈연에게는 별달리 문제가 되지 않았다.

무성히 자라난 덤불을 사뿐사뿐 밟아 가며 이동에 어려움을 느끼지 않았으니까.

그럼에도 그녀의 미간은 제법 좁혀져 있었다.

모용기가 그 원인이었다.

'이상한 사람.'

아무리 고민을 해도 결론이 나지 않았다.

'도대체 이유가 뭘까?

외모에 반해서?

자신에게 뒤처지지 않는, 어떤 면에서는 자신보다 더 나은 백운설이 있었다.

철소화 역시 마찬가지였다.

아직 어린 태가 남아 있긴 하지만, 그것을 완전히 벗어내면 흔히 천하제일미라 일컫는 인물에 가장 근접할지도 모른다는 것이 제갈연의 생각이었다.

그렇다면 마음이 잘 맞아서?

그것은 더 말이 되지 않는다.

모용기와 제법 많은 시간을 보내기는 했지만 모용기가 자신에게 반응을 보인 것은 처음 만난 그 순간이었다.

서로를 알아 갈 시간조차 없었다.

'뭐가 더 없나?'

발걸음을 옮기는 제갈연의 미간이 점점 더 좁혀졌다.

이상함을 느꼈고 의심을 하고 있지만, 원인을 찾을 수가 없었기 때문이다.

평범한 이들이라면 벌써 포기했을 법도 했건만 특유의 집요한 성격 탓에 아직까지 놓지 못하고 있는 것이다.

그러나 여전히 해답을 찾을 수 없는 것은 마찬가지였다.

제아무리 집요한 성격이라도 지치게 하기에는 충분한 시간이 지났다.

'차라리 물어볼까?'

몇 번이나 꺼내 보고 싶은 질문이었지만 여전히 모용기가 어려웠던 탓에 입 밖으로 내놓지 못했었다.

그 의심이 모용기에게 다가가지 못한 이유이기도 했다.

'마냥 의심만 하기에는 미안하기도 하고……'

모용기가 자신에게 보여 준 호의는 결코 평범한 것이 아니었다.

자신의 의심 때문에 마냥 거리를 두기에는 미안한 감정이 점점 더 커져만 갔다.

'아무래도 물어봐야겠어.'

마음을 정하자 그제야 제갈연의 눈과 귀가 트이기 시작했다.

"어? 다 왔네?"

고민이 길어진 사이 어느새 목적지에 도착한 것이다.

쏟아지는 폭포수마저 꽁꽁 얼어 버려 고요한 공간에서 제갈연이 고개를 돌렸다.

모용기가 거처하는 동굴을 찾으려는 것이다.

그러나 그것을 찾기도 전, 제갈연의 두 눈이 동그랗게 떠졌다.

"누구시죠?"

자색 옷을 걸친 노인.

자글자글한 주름이 가득함에도 깨끗하다는 느낌을 줄 정도로 정광이 가득한 얼굴의 노인이 제갈연을 쳐다보며 입꼬리를 길게 늘어트리며 미소를 보였다.

"너로구나."

"예?"

노인의 말에 제갈연이 고개를 갸웃거렸다.

그리고는 여전히 미소를 짓고 있는 노인을 보며 다시 질문했다.

"저를 아세요? 죄송하지만 저는 어르신께서 누구신지 기억이……."

그러나 제갈연은 끝까지 말을 잇지 못했다.

어느새 자신에게서 시선을 거둔 노인이 모용기가 거처한 동굴의 입구를 쳐다보고 있었기 때문이다.

"이제 나오겠구나."

"예?"

제갈연이 다시 한 번 고개를 갸웃거렸다.

그리고는 재차 의문을 표하려는 순간.

시커먼 물체가 획하고 나타나더니 제갈연의 시야를 가려 버렸다.

"엇! 누, 누구……?"

제갈연이 당황한 얼굴로 본능적으로 한 걸음 물러섰다.

그리고는 저도 모르게 양손을 들어 올리며 방어 자세를 취하려는데, 익숙한 목소리가 그녀의 귓전을 때렸다.

"당신 뭐야? 대체 뭐 하는 사람이야?"

그것이 모용기의 목소리임을 알아챈 제갈연이 반색을 했다.

"어? 모용 공…… 어?"

그러나 제갈연은 이번에도 한 걸음 물러서야만 했다.

빠지직하며 날카롭게 고개를 쳐드는 모용기의 기파가 바로 그 원인이었다.

모용기가 날카롭게 눈매를 좁히며 노인을 노려봤다.

"내 말 안 들려? 당신 누구냐고!"

참룡
회귀록

斬
龍
回
歸
錄

참룡회귀록
斬龍回歸錄

76 章.

모용기가 불편함을 느낀 것은 이틀 전부터였다.

그전까지는 누가 근처에 와도 신경 쓰지 못할 정도로 오롯이 한 가지에만 집중할 수 있었지만 이틀 전부터는 묘하게 무언가가 그의 신경을 긁는 느낌이었다.

'이건 뭐지?'

자신만의 세계에서 깨어난 모용기가 기감을 확장했다.

이미 경지를 이뤘다고 해도 좋을 만큼 무엇 하나 놓치지 않을 정도로 날카롭게 날이 선 모용기의 기감이었지만 이번만큼은 그의 기대를 채워 주지 못했다.

여전히 아무것도 걸리는 것이 없었기 때문이다.

'내가 잘못 봤나? 그럴 리가 없는데……'

여전히 그의 신경을 긁는 무언가가 뚜렷하게 존재했다.

마치 바늘로 피부를 살살 긁듯이 간질간질하면서도 위험한 느낌이었다.

'이게 대체 뭐지?'

눈으로 확인해 보면 간단히 해결될 일일지도 모르지만 모용기는 그러지 않았다.

대신 가만히 눈을 감으며 기감을 더욱 확장해 나갔다.

그러나 여전히 걸리는 것은 없었다.

모용기가 미간을 좁혔다.

'이거, 지금 나랑 해보자는 거지?'

분명 뭔가가 있었다.

그리고 그것은 자신을 감춘 채 모용기의 신경을 긁으며 약 올리는 듯한 느낌이었다.

'내가 꼭 잡아내고야 만다.'

독이 오른 모용기가 저도 모르게 빠드득 이를 갈았다.

그리고는 기감을 극으로 끌어올렸다.

단순히 기감을 확장한 것만이 아니었다.

이전처럼 넓게 뿌려 보기도 했지만, 기감을 좁히며 군데군데 집중해 보기도 했다.

다양한 방법을 동원해 가며 상대를 잡아내려는 몸부림이었다.

그러나 상대는 여전히 틈을 보이지 않았다.

오히려 모용기만 점점 더 지쳐 가는 느낌이었다.

적당히 기감을 세우는 것이 아니라 이틀 내내 극으로 끌어올리다 보니 정신적인 피로함이 느껴진 탓이다.

모용기가 이를 악물었다.

'내가 포기할 줄 알고?'

오기가 생겼다.

이제 와서 포기하자니 뭔가 억울했던 탓이다.

모용기가 혀끝을 살짝 깨물었다.

따끔한 통증과 입 안에 맴도는 비릿한 피의 맛에 정신이 확 드는 기분이었다.

점점 늘어지던 기감이 다시금 빳빳하게 고개를 치켜들었다.

그리고 그 순간 모용기가 감았던 눈을 번쩍 떴다.

"어? 이건……."

익숙한 느낌이었다.

누군지 콕 찍을 수 있을 정도로 모용기가 관심을 많이 가지는 기척이기도 했다.

"젠장! 하필 이 시점에!"

모용기가 자리에서 벌떡 일어서더니 휙 몸을 날렸다.

긴 선을 그으며 순식간에 동굴을 벗어나는 모용기.

그의 신형이 단번에 제갈연의 앞을 막아섰다.

그리고 지난 이틀간 자신의 신경을 긁어 대던 상대를

비로소 확인할 수 있었다.

모용기가 잔뜩 긴장한 얼굴로 노인을 노려보며 목소리를
냈다.

"당신 뭐야? 대체 뭐 하는 사람이야?"

"어? 모용 공…… 어?"

등 뒤에서 제갈연의 목소리와 기척이 뚜렷하게 느껴졌지
만 억지로 기파를 끌어모아 그녀를 밀어냈다.

"내 말 안 들려? 당신 누구냐고!"

얼굴만큼이나 잔뜩 날이 선 모용기의 목소리.

그러나 노인은 여전히 미소 지은 얼굴 그대로, 평온한 목
소리로 대꾸했다.

"오랜만이구나."

"오랜만?"

노인의 말에 모용기가 의문을 표했다.

자신의 기억에 노인은 없는 사람이기 때문이다.

그러나 상대가 자신을 안다는 사실 한 가지는 확실했
다.

다만 그것이 어떤 인연인지는 확신할 수 없었다.

"……절 아십니까?"

조금은 누그러진 말투였지만 몸에 힘이 들어간 것은 여
전했다.

여전히 긴장을 늦추지 않고 있는 모용기와 달리, 노인은

한가로운 얼굴로 주위를 휘휘 둘러보며 말했다.

"그런데, 충허는 어디 갔지?"

충허를 찾는 노인의 말에 모용기의 얼굴은 점점 더 혼란스럽게 변해 갔다.

"충허 진인을 아십니까?"

그러나 이번에도 제대로 된 대꾸는 없었다.

주변에 동화되듯 위화감 없이 평온한 태도로 주위를 돌아보는 노인.

한참 후에야 무언가를 느낀 듯 그가 딱딱한 얼굴로 모용기를 다시 쳐다봤다.

"천왕봉을 감싼 선기…… 혹시 충허의 기운인가?"

이번에는 모용기가 제대로 된 대꾸를 하지 못했다.

"선기라고요?"

자신의 말을 알아듣지 못하는 듯한 모용기의 모습에 노인은 확신했다.

노인이 어처구니없다는 얼굴로 헛웃음을 터트렸다.

"허허…… 우화등선이라고? 충허가? 내가 완전히 잘못 짚었구나."

허탈한 얼굴로 중얼거리는 노인을 물끄러미 쳐다보고 있던 모용기가 움찔 몸을 떨었다.

그것은 제갈연 역시 마찬가지였다.

"우, 우화등선? 충허 진인이요?"

모용기의 기파가 조금 누그러진 틈을 타 그의 팔을 붙잡고 매달리며 더 격한 반응을 보이는 제갈연이었다.

"어? 자, 잠깐! 물러……!"

"지금 그게 중요한 게 아니잖아요! 충허 진인은요? 진짜 우화등선한 거예요?"

"아, 아니…… 그게……."

한껏 당황한 얼굴을 하는 모용기.

그 때 노인의 목소리가 다시 들려오더니 혼란을 정리했다.

"그래. 충허가 뭐라 하더냐?"

모용기를 붙잡고 늘어지던 제갈연의 시선이 노인을 향했다.

그 틈을 타 제갈연의 손에서 벗어난 모용기가 다시 노인을 쳐다봤다.

"그 전에…… 당신이 누구인지부터 밝혀야 하는 것 아닙니까?"

모용기의 말에 노인이 얼굴을 찡그렸다.

"내 기척을 느낀 걸로 봐서는 제법 날카로운 것 같은데, 내 목소리를 듣고도 아직도 내가 누구인지 모르는 걸 보면 그렇지 않은 것 같기도 하고."

"목소리……?"

노인의 말에 모용기가 여전히 모르겠다는 듯 고개를

갸웃거렸다.

노인이 가볍게 한숨을 내쉬더니 모용기를 쳐다보며 말했다.

"잘 보거라. 내가 누군지."

그 순간 노인의 얼굴이 흐릿하게 변하는가 싶더니 순식간에 전혀 다른 얼굴을 하고 있었다.

"엇!"

제갈연이 제법 놀랐는지 뾰족한 목소리를 냈다.

그러나 그 놀람은 모용기의 그것에 비할 바가 아니었다.

"다, 당신!"

그제야 모용기가 자신을 알아보는 듯하자 전혀 다른 얼굴을 한 노인이 빙그레 웃음 보였다.

"이제 알아보겠느냐?"

비로소 그를 떠올린 모용기가 찢어져라 두 눈을 부릅떴다.

"다, 당신이 어떻게!"

황궁에서 자신을 쳐다보며 꼬장꼬장하게 목소리를 높이던 늙은 대신.

그가 모용기의 앞에 있었다.


제법 시간이 지났지만 모용기는 여전히 넋이 나간 얼굴이었다.

어느새 원래 얼굴을 회복한 노인과 멍청한 얼굴로 그를 쳐다보고 있는 모용기.

그 둘을 번갈아 가며 쳐다보고 있던 제갈연이 더는 참지 못하고 한 걸음 앞으로 나서며 노인에게 질문했다.

"어르신은 대체 누구신지요?"

그러나 노인은 제갈연의 목소리에 반응하지 않았다.

노인은 여전히 모용기와 시선을 마주한 그 자세 그대로 였다.

참지 못한 제갈연이 재차 질문을 하려는 순간.

모용기가 그녀의 손목을 낚아채며 뒤로 끌었다.

"물러서."

"어? 하지만……."

눈을 동그랗게 뜨는 제갈연을 향해 모용기가 고개를 저 었다.

그리고는 그녀를 막아서며 한 걸음 앞으로 나섰다.

모용기가 노인을 노려보며 으르렁거렸다.

"당신이지?"

"무엇이 말이냐?"

"모르는 척하지 말고. 날 되돌린 것. 당신 맞잖아."

모용기가 살기까지 끌어올리며 노인을 을러댔다.

그러나 노인은 별다른 영향을 받지 않는 듯 여전히 평온 한 목소리였다.

"그렇다면 어쩔 테냐?"

"그걸 지금 말이라고! 대체 왜! 나한테 왜 이런 짓을……!"

모용기가 화를 참지 못하는 듯, 부들부들 목소리가 떨려 나왔다.

그러나 노인은 여전히 모용기의 감정에 반응하지 않았다.

"내게 고마워해야 하는 것 아닌가? 내가 아니었다면 저 아이를 다시 보지 못했을 테니 말이다."

노인이 제갈연을 향해 턱짓을 했다.

그것을 따라가던 모용기의 시선에 큰 눈을 동그랗게 뜨고 있던 제갈연의 얼굴이 틀어박혔다.

짧은 순간이었지만 모용기의 화를 식히기에는 충분했다.

제갈연을 향하던 모용기의 시선이 다시 노인에게로 돌아선 것은 조금 시간이 지난 후였다.

모용기가 조금은 누그러진 얼굴로 노인을 쳐다보며 다시 말했다.

"이유가 뭐지? 왜 하필 나를……."

그러나 노인은 제 의문이 먼저였다.

노인이 고개를 저어 모용기의 말을 끊고 제 목소리를 냈다.

"그 전에, 충허가 뭐라고 했나? 그를 만났을 테지?"

별다른 힘이 실리지 않은 듯했지만 말투에는 위압감이 물씬 풍겼다.

의도적인 것인지 타고난 것인지는 확실하지 않았다.

어느 쪽이든 모용기는 별다른 영향을 받지 않는 모습이었다.

사실 신경도 쓰지 못했다.

다른 부분이 더 급했기 때문이다.

"제가 먼저 물었습니다. 절 왜 되돌린 겁니까?"

"그것이 중요한가? 그 덕에 저 아이를……."

"그것과는 다른 문제입니다. 절 되돌린 이유를 알아야 하겠습니다."

모용기가 단호한 얼굴로 대꾸했다.

노인이 가만히 손을 들어 수염을 쓰다듬었다.

"흐음……."

그리고는 모용기의 뒤편에 자리한 제갈연을 힐끔거리며 무언가를 곰곰이 생각하는가 싶더니 이내 고개를 끄덕였다.

"말해도 상관없겠지. 입단속이야 네 녀석이 알아서 할 듯하고."

노인이 다시 모용기와 시선을 맞추며 말했다.

"네 녀석을 되돌린 이유? 간단하다. 날 죽여라. 그러면 된다."

노인의 말에 모용기가 얼굴을 찌푸렸다.

"지금 장난하시는 겁니까? 무슨 그런 말을……."

"내가 지금 장난이나 하자고 널 되돌린 것으로 보이나?"

노인의 진지한 말투에 모용기가 가만히 입을 다물었다.

그의 말이 진심이라 생각했기 때문이다.

그러나 아직 의문이 남았다.

"제가 왜 그래야 합니까?"

"그래야 네가 살 테니까. 저 아이는 물론이고 너와 꼭 붙어 다니던 다른 두 녀석 역시 마찬가지. 네 녀석들이 살자면 날 죽여야 할 게다."

모용기가 와락 얼굴을 구겼다.

"그걸 지금 말이라고……."

"그것이 내가 너를 되돌린 이유다. 날 죽이면 된다. 그럼 모든 것이 끝날 테니까."

노인의 말에 모용기는 여전히 찌푸린 얼굴 그대로였다.

불편한 속내가 고스란히 드러나는 듯한 얼굴이었다.

그러나 노인은 모용기의 생각 따위는 개의치도 않는다는 듯이 계속해서 말을 이어 갔다.

"그런데 네 녀석은 아직 힘들어 보이는구나. 되돌린 지 제법 시간이 흘렀는데도 아직 그 모양인 걸 보면."

노인이 쯧하고 혀를 찼다.

그와 동시에 머릿속에서 무언가가 번쩍이는 듯한 느낌에 모용기가 급히 노인을 쳐다보며 다시금 물음을 던졌다.

"호, 혹시 충허 진인도……?"

"네 녀석이 처음이라고 생각했나?"

노인의 이어지는 반문에 무언가가 명확하게 정리되는 기분이었다.

그러나 아직은 더 확인이 필요했다.

"그럼 노도진은……."

"내 제자 녀석이지. 그 녀석이 네 번째였고."

제자란 말에 모용기가 눈을 동그랗게 떴다.

"무, 무슨…… 어떻게 제자에게……!"

"왜? 무슨 문제라도 있나? 그러기 위해서 키운 녀석인데."

"말도 안 되는 소리! 그런 이유로 제자를 받는다고?"

더는 존대도 없었다.

상대가 적이라는 것을 명확하게 인지한 탓이다.

그러나 노인은 애초에 그러한 것에는 관심도 두지 않았다.

"말이 되고 안 되고는 네 녀석이 정할 바가 아니다. 내가 알아서 할 일이지. 그보다 네 녀석은 생각보다 둔하구나. 이래서는 더 시간을 준다 하더라도 기대할 것도 없겠어. 다른 녀석을 선택할 것을 그랬나?"

모용기는 노인의 기대에 한참이나 미치지 못했다.

생각보다 성장이 더딘 것이다.

이래서는 아무리 세월이 지나도 자신을 잡아내는 것은 무리라 생각했다.

"충허는 이미 놓친 고기라 하더라도…… 차라리 그 천호라는 녀석도 한 번은 기회를 줄 법도 한데……."

노인은 이미 모용기에게서 관심을 끊은 채 제 생각에 빠져들었다.

그리고 그 모습은 묘하게 모용기를 자극하는 면이 있었다.

모용기가 얼굴을 찌푸리며 뭔가 말을 꺼내려는 찰나, 노인이 시선을 들며 모용기와 다시 눈을 맞췄다.

"그래도 기껏 힘을 써서 되돌렸는데 이대로 버리기엔 아깝고…… 좋다. 시간을 좀 더 주마. 십 년 정도면 되려나? 죽을 각오로 수련하거라. 그럼 가능할지도 모르니까."

"그러니까 내가 왜……."

"이미 말하지 않았더냐? 나를 죽이지 않으면 네 녀석들이 죽을 거라고. 그러니까 해야 되지 않겠느냐?"

"아니, 그러니까 왜 우리를……."

"그럼 쓸데없이 많은 것을 아는 놈들을 내가 내버려 둘 줄 알았더냐? 그것은 순리를 거스르는 것이다."

노인의 말이 무슨 의미인지는 이해가 갔다.

그러나 모용기는 억울하다는 얼굴을 했다.

"아니, 내가 돌아오고 싶어서 돌아온 것도 아니고⋯⋯."

"네 녀석의 생각 따위는 중요하지 않다. 중요한 건 네 녀석이 돌아왔다는 것이고, 나를 죽이지 않으면 네 녀석이 죽는다는 것. 마지막으로 네 녀석의 실력이 한참이나 부족하다는 것이지."

모용기는 여전히 납득할 수 없다는 얼굴을 했다.

그러나 그것 역시 노인에게는 중요한 것이 아니다.

모용기의 의문을 풀어 준 노인이 이번에는 제 의문을 해결하려 했다.

"그럼 이제 묻겠다. 충허는 뭐라고 했느냐?"

모용기의 기색으로 봐서 분명히 충허와 만난 적이 있다 생각한 노인이다.

충허가 무언가 남겼으리라 어렵지 않게 짐작한 것이다.

그러나 모용기는 이번에도 삐딱하게 대꾸했다.

"내가 왜 그걸 당신한테⋯⋯ 으헉!"

모용기는 말을 끝내지도 못한 채 기겁을 하며 뒤로 물러섰다.

모용기가 서 있던 자리가 푹 파이며 흙먼지가 부풀어 올랐다.

모용기가 당황한 얼굴로 노인을 쳐다봤다.

"어, 언제……."

노인은 여전히 뒷짐을 진 자세 그대로 모용기와 시선을 마주하며 말을 이었다.

"말해 봐라. 충허가 뭐라 했느냐?"

"아니, 그러니까…… 으헉!"

퍽!

이번에도 땅바닥이 푹 파여 나갔다.

노인은 아무런 움직임도 기의 흐름도 보여 주지 않은 채 모용기를 심각하게 위협하고 있었던 것이다.

한겨울임에도 등골을 따라 식은땀이 주르륵 흘러내렸다.

더 물러설 수 없다는 것이 그 이유였다.

바로 한 발자국 뒤에는 제갈연이 있었기 때문이다.

노인이 더는 움직일 생각을 하지 못하는 모용기를 쳐다보며 빙그레 웃으며 말했다.

"이제 말해 봐라. 충허가 무슨 말을 남겼느냐?"

자신의 상황을 짐작이라도 한다는 듯이 말하는 노인을 쳐다보며 모용기가 얼굴을 찡그렸다.

그리고 그 협박은 제대로 먹혔다.

상대의 공격을 알아보지도 못한 채 본능에 기대어 간신히 피해 내는 상황에서 제갈연까지 챙기기는 무리라고 생각한 것이다.

불안한 눈으로 자신을 쳐다보는 제갈연을 힐끔 돌아본 모용기가 노인에게로 시선을 돌리고는 한숨을 푹 내쉬며 말했다.

"없다."

모용기의 짧은 대꾸에 노인이 얼굴을 찌푸렸다.

그가 모습을 드러낸 이후 처음으로 보여 준 표정 변화였다.

본능적으로 위협을 느낀 모용기가 얼른 손을 내저었다.

"아니, 아니! 진짜 없다고! 그렇게 말했다고!"

그러나 노인의 얼굴은 여전히 나아지지 않았다.

모용기가 섬뜩한 느낌이 몰려오기 전에 다시 한 번 목소리를 냈다.

"없다! 그렇게 말했다고!"

이번에는 모용기의 의도가 확실하게 전해졌다.

노인이 얼굴을 펴며 고개를 갸웃거렸다.

"없다? 그렇게 말했다고?"

모용기는 더는 대답이 없었다.

그러나 노인은 모용기의 대꾸가 필요한 것이 아니었다.

노인이 진심으로 아쉽다는 얼굴을 했다.

"충허가 거기까지 볼 것을 알았다면…… 아쉽구나, 아쉬워."

그가 우화등선을 하기 전에 어떻게든 한 번은 찾아봤어야 했다.

그랬다면 굳이 이런 짓을 할 이유가 없었을지도 모른다.

무당산에서 심상찮은 기운을 느끼고 뒤늦게 찾은 것이 땅을 치고 후회할 정도로 아깝다는 심정이었다.

"한 번 더 시간을 돌리면……."

충허를 되살리는 것은 어렵지 않은 일이다.

그러나 노인은 고개를 저을 수밖에 없었다.

자세한 사정은 모르지만 충허가 우화등선을 한 계기에는 어떤 형식으로든 모용기가 엮여 있다는 것을 어렵지 않게 알아챘던 탓이다.

제 시간을 돌렸을 때에는 우화등선 근처에도 가지 못했던 충허가, 모용기의 시간을 돌렸을 때에 우화등선을 한 것을 생각하면 어렵지 않게 짐작이 가능했던 것이다.

"그렇다고 요놈의 시간을 한 번 더 돌릴 수는 없는 노릇이고……."

시간을 되돌리는 것은 사람마다 딱 한 번만 가능했다.

모용기의 시간을 다시 되돌리는 것은 적어도 노인에게는 불가능한 일이었다.

노인은 시시각각 표정이 변하며 혼잣말로 중얼거렸다.

그리고 그 모습을 본 모용기가 아랫입술을 질끈 깨물었다.

자신이 두어 달이나 고민했음에도 여전히 그 의미를 짐작조차 못 하는 말을 노인은 이미 완전히 알아들은 듯했기 때문이다.

'짜증나네, 이거……'

이유를 찾기 어려운 괜한 짜증이 밀려왔다.

당장이라도 손을 쓰고 싶었지만 등 뒤에서 들려오는 제갈연의 불안정한 숨소리가 그의 발목을 잡았다.

그렇게 얼마의 시간이 흘렀을까?

노인이 시선을 들며 이러지도 저러지도 못하는 모용기를 쳐다봤다.

"너는 충허가 남긴 말의 의미를 알겠느냐?"

"그걸 알면 내가 저 어두컴컴한 동굴 속에서 몇 달이나 고민했을까?"

모용기가 불퉁한 얼굴로 고개를 저었다.

괜히 자존심이 상했던 탓이다.

그러나 그 와중에도 꼬박꼬박 대꾸를 하는 것은 다른 의도가 섞여 있었다.

모용기의 의도를 읽은 노인이 빙그레 웃으며 목소리를 냈다.

"내가 도와줄까?"

노인의 말에 모용기가 눈을 반짝였다.

그러나 그의 눈은 이내 의심의 빛으로 물들기 시작했다.

일이 너무 쉽게 풀렸던 탓이다.

노인이 픽 웃으며 말했다.

"그러려고 내 말에 꼬박꼬박 대꾸한 것 아니더냐? 사실 알려 준다고 네 것으로 만든다는 보장도 없고 네 것으로 만든다고 해도 날 죽일 수 있다는 보장도 없지만, 조금이라도 더 가능성이 생긴다면 그것으로도 좋지 않겠나? 네 녀석도 그렇고 내게도 그렇고."

모용기 자신은 몰라도 노인에게 좋을 일이 무엇인지는 여전히 알 수가 없었다.

자신의 상식으로는 노인의 말을 이해할 수가 없었던 탓이다.

그러나 모용기는 고개를 휘휘 저으며 잡념을 날렸다.

그리고 그 모습을 본 노인이 고개를 끄덕였다.

"없다라…… 원래 무언가를 채워 넣으려면 주머니가 비워져 있어야 하지 않겠느냐? 꽉 찬 주머니에 무언가를 더 집어넣을 수는 없는 노릇이니까."

이미 충허에게 비슷한 말을 들었다.

모용기의 얼굴이 별다를 것 없다는 듯이 심드렁했다.

노인이 픽 웃으며 고개를 끄덕였다.

원래 이런 것은 아무리 말로 설명해 줘도 모른다.

직접 경험을 해 봐야만 알 수 있는 것이다.

노인이 뒷짐을 풀며 양손을 드러냈다.

자글자글 주름이 잡힌 볼품없는 손이지만 그것의 등장에 유난히 긴장하는 모용기였다.

그리고 노인은 모용기의 기대를 저버릴 생각이 없는지 한 손을 내밀어 모용기를 향해 휙 내저었다.

이전처럼 본능적으로 몸을 움직이려던 모용기가 멈칫하며 움직임을 멈췄다. 등 뒤의 제갈연이 뒤늦게 생각난 탓이다.

대신 내력을 극한으로 끌어올렸다.

내력을 끌어올려 몸을 보호하자 어지간한 검으로는 상처조차 낼 수 없을 정도로 단단해졌다.

그러나 모용기는 여전히 불안한 얼굴이었다.

그리고 그런 모용기의 불안감이 적중이라도 했다는 듯이 그가 단숨에 한쪽 무릎을 꺾었다.

"컥!"

절로 허리가 굽혀지며 왈칵 핏물이 쏟아져 나왔다.

"모용 공자!"

제갈연이 뾰족하게 목소리를 높이며 모용기에게 달려들었다.

자신을 감싸는 부드러운 촉감을 느낄 새도 없이 모용기의 정신이 점점 더 흐려져 갔다.

그리고 정신을 놓기 직전에 노인의 목소리가 모용기에게로 흘러들었다.

"다시 채우려면 일단은 비워야 한다니까."

임무일이 따분하다는 얼굴로 운현을 쳐다봤다.

"야, 도가는 원래 이러냐?"

"뭐가?"

"왜 모르는 척이야? 자기도 심심해 죽겠다는 얼굴이면서. 원래 이렇게 따분하냐고. 도가는 원래 다 이래?"

어딜 가도 경전 읽는 소리가 전부였다.

강소성에 있을 때 간혹 사찰이나 도문에 들러 본 적이 있어 예상하지 못한 바는 아니었지만, 그래도 무당은 다른 도문과는 달리 무를 앞세우는 엄연한 강호의 문파였기에 다른 것을 기대했던 것이다.

임무일이 생각하는 바를 어렵지 않게 눈치 챈 운현이 손가락으로 뺨을 긁적였다.

그리고는 시선을 돌려 무당의 전경을 둘러보며 말을 꺼냈다.

"그래도 이 정도면 사람 냄새 나는데?"

"이게? 어딜 봐서? 죄다 경전 읽는 소리뿐이구만."

"찾는 사람들이 많잖아. 향화든 뭐든. 우리 곤륜은 그런 것도 없다고. 진짜 경전 읽는 소리뿐이라니까."

"헐…… 진짜?"

헛웃음을 흘리며 되묻는 임무일을 운현이 돌아봤다.

"진짜지 그럼. 너도 생각해 봐. 무당도 그렇고 우리도 그렇고 결국은 도문이야. 그리고 도문이든 불문이든 결국은 자기수양을 위한 곳인데, 그런 곳이 시끄러우면 되겠어? 시장 바닥에서도 도를 깨칠 수 있는 사람은 무당의 장삼봉 조사나 소림의 달마 대사 정도일걸? 그 외에는 다들 평범한 사람들이니까 조용한 곳에서 수양하는 거고."

임무일이 조금은 이해가 간다는 얼굴을 했다.

그러나 완전히 납득한 기색은 아니었다.

"명진은 그렇다 치고, 그럼 너는?"

"나? 내가 왜?"

"아니, 그렇잖아. 조금만 건드려도 파르르해서는 바락바락 악을 쓰는데, 그런 성격으로 어떻게 곤륜에서 버텼냐고. 심지어 거긴 여기보다 더 조용하다면서?"

일행 중에서 가장 다혈질인 운현이 무당보다 더 조용한 곤륜에서 자라났다는 것이 이해가 되지 않는 것이다.

그 말에 얼굴을 찌푸리던 운현이 이내 한숨을 푹 내쉬며 말했다.

"내가 좀 고생하긴 했지. 한번은 우리 사부가 내 성격 죽여 놓겠다며 한 달 내내 창고에 가둬 둔 적도 있었으니까. 지금 생각해 보면 그때는 지금보다 한참 어릴 때였는데 그걸 어떻게 버텨 냈나 싶다. 그런 거 보면 우리 사부도 진짜 독하다니까."

"너네 사부? 적영 진인?"

"그래."

고개를 끄덕이는 운현을 보며 임무일이 얼떨떨한 얼굴로 다시 말했다.

"적영 진인이면 강호에서도 온화하기로 소문난……."

"온화하긴 개뿔. 그거 다 눈속임이라니까? 곤륜 내에서도 사납기로 소문나서 오죽하면 미친개한테 물리는 게 낫다고 하는데 뭐. 미친개는 두들겨 패기라도 하지, 영감탱이가 무공까지 높아 가지고 건드릴 수도 없어요. 그러고보니까 자기는 매일 소리 버럭버럭 지르고 다니면서 난 싸움 좀 했다고 한 달이나 창고에 가둬? 생각하니까 짜증나네."

"그, 그러냐? 그럼 왜 강호에서는……."

"몰라서 물어? 그거 다 제자 받으려고 하는 수작 아냐? 너 같으면 대뜸 곤륜으로 가자 그러면 가겠어? 그 오지로? 툭하면 오랑캐들이랑 분란이 일어나서 아무렇지도 않게 사람이 죽어 나가는 곳인데? 아무도 안 오려 하니까 강호에서 평판이라도 좋아야지. 젠장. 내가 그 가증스러운 얼굴에 속아 가지고…… 한두 살이라도 나이를 더 먹고 세상물정을 알았다면 절대 안 따라갔을 텐데…… 그땐 내가 너무 순진

했었다니까."

운현이 억울하다는 얼굴로 울분을 토했다.

그러나 임무일은 여전히 납득이 가지 않는다는 얼굴로 재차 질문했다.

"너야 그렇고 치고, 너네 부모님은? 그걸 가만히 보고 계셨어? 넌 고아도 아니라면서?"

"집구석이 찢어지게 가난한데 별도리가 있겠어? 입 하나라도 줄여야지. 잘은 모르겠지만, 우리 부모님은 아마 얼씨구나 하고 좋아하셨을걸?"

"에이, 설마 그러기야 하셨을까."

"그건 네가 몰라서 하는 소리고. 배고프면 눈 돌아가서 제 새끼도 잡아먹는 세상이야. 그러지 않고 곤륜에라도 보낸 게 어디야? 그 부분에 관해서는 불만 없어. 다른 성격 좋은 사백들이나 사숙들이었으면 좋았을 텐데, 하필이면 재수 없게 사부를 만난 게 아쉬울 뿐이지."

운현은 덤덤한 얼굴로 말했지만 지켜보는 입장은 그렇지 않았다.

운현을 지켜보는 임무일의 얼굴이 묘하게 경직되어 갔다.

임무일의 시선을 느낀 운현이 고개를 저었다.

"그럴 것 없다니까. 내가 말은 이렇게 해도 우리 사부가 나쁜 사람은 아니니까. 진짜 나쁜 사람이었으면 내 성격에 아직까지 거기 붙어 있었겠어? 벌써 튀어도 몇 번은 튀었지. 그것보다……."

운현이 기지개를 쭉 펴면서 자리에서 일어섰다.

임무일이 운현을 올려다보며 말했다.

"왜? 뭐 하게?"

"놀면 뭐 하나? 몸이라도 움직여야지. 너도 이제 일어나. 한바탕하게. 땀이라도 좀 쏟으면 따분한 것도 사라지겠지."

운현의 말에 임무일이 대번에 싫다는 기색을 내비쳤다.

임무일의 기색을 읽은 운현이 한숨을 내쉬었다.

"이건 진짜 뭐가 이렇게 게을러? 이건 뭐 무결이 자식 저리 가라 할 정도니……."

"게으르긴 누가? 내가 집에 가면 할 일이 얼마나 많은데? 이럴 때라도 쉬어 둬야 하니까 그런 거라고."

"따분하다 그런 건 너거든? 그새 잊었어?"

"따분한 건 따분한 거고, 귀찮은 건 귀찮은 거지. 내가 하고 싶은 건…… 그래. 뒹굴거리면서 싸움 구경하는 거. 그게 얼마나 재밌는데?"

임무일의 말에 운현이 어처구니없다는 얼굴을 했다.

그러나 그것도 잠시, 이내 고개를 가로저으며 임무일을 내려다보는 운현이었다.

임무일을 억지로 일으킬 방법이 없다는 것을 잘 알기 때문이었다.

자신을 진짜 죽일 생각이 아니라면 차라리 몇 대 맞고 바닥에서 뒹굴거리는 것을 선택할 녀석이 바로 임무일이었으니까 말이다.

"미친놈. 됐다. 계속 그렇게 뒹굴거려라. 내가 널 어떻게 말리겠냐?"

임무일에게 미련을 버린 운현이 시선을 돌렸다.

정주형이나 혁련강이라면 제법 말이 통하기 때문이다.

임무일과 실랑이를 하느니 그편이 빠르다 생각한 것이다.

그러나 운현은 채 걸음을 떼기도 전에 시선을 돌려야만 했다.

어딘가 다급해 보이는 발걸음이 고스란히 느껴졌기 때문이다.

"응? 이건 뭐지? 무슨 일이라도 있나?"

어지간하던 임무일도 같은 것을 느꼈는지 자리에서 일어섰다.

"누구지? 걸음걸이가 제법 무거운데?"

"그러게. 어? 이거 하나가 아닌데?"

거리가 가까워지자 미약한 기척이 두 개가 더 잡혔다.

임무일이 운현의 말에 동조하듯 고개를 끄덕이며 시선을 돌리는 순간.

축 늘어진 모용기를 등에 업은 철무한과 그 뒤를 따르느라 숨결이 거칠어진 제갈연이 쌕쌕거리며 모습을 드러냈다.

모용기가 처음으로 보이는 모습에 운현이 눈을 동그랗게 떴다.

"어? 저 자식 기아 아냐? 저 자식 왜 그래?"

운현 못지않게 당황한 기색을 보이는 것은 임무일 역시 마찬가지였다.

난데없는 상황에 임무일리 뭐라 말을 꺼내려는 찰나.

철무한이 목소리를 높이며 그가 말을 꺼낼 틈을 주지 않았다.

"의원! 의원 어디 있어!"

"의원? 그걸 여기서 왜 찾아? 여긴 무당이라고."

임무일이 얼른 철무한에게 다가서며 흥분한 기색의 그를 만류하려 했다.

그러나 그것은 전혀 도움이 되지 못했다.

어느새 잔뜩 내력을 끌어올린 철무한이 목소리에 내력을 담아 무당산을 뒤흔들어 버린 탓이다.

"의원! 의원 나오라고!"

의약당 앞을 지키고 선 소무결 일행.

그들의 얼굴에는 초조함이 가득했다.

251

잠깐 스쳐 지나간 것뿐이지만 모용기의 상세를 알아보기에는 그 정도로도 충분했기 때문이다.

소무결이 답답하다는 얼굴로 의약당을 쳐다보며 중얼거렸다.

"미친놈이…… 내상이 뭐야, 내상이? 말도 안 되는 내력을 가지고 있으면서."

또래에 비하면 이미 한참이나 더 앞서 나가고 있는 모용기였다.

어쩌면 강호의 정상급 고수들과도 어깨를 나란히 할지도 모를 일이다.

그런 모용기가 내상을 입었다는 것이 쉽게 믿기지 않은 탓이다.

정주형 역시 소무결과 같은 얼굴로 고개를 끄덕였다.

"내 말이. 대체 어떤 놈이지? 성주님이나 너네 사부님도 기아 자식을 차라리 죽이면 죽였지 저런 내상을 입히지는 못할 텐데."

소무결과 정주형이 같은 것을 고민하는 듯하자 안은희가 얼굴을 찌푸렸다.

당장 중요한 것은 그것이 아니라 생각한 것이다.

"너희들은 진짜…… 지금 그딴 걸 생각할 때야? 기아 걱정 안 해? 기아 정도의 내가고수가 정신을 못 차릴 정도면 내상이 심하다는 거야. 그건 쉽게 고치지도 못한다고."

모용기가 가진 내력을 다스려 줄 만한 내가고수가 흔치 않기 때문이다.

그렇다고 약을 쓰자니 그 또한 어렵다.

흐트러진 모용기의 내부로 강한 영약의 기운이 흘러 들어갈 경우 오히려 부작용이 일어날 가능성이 더 컸기 때문이다.

정주형이 그제야 쩝하고 입맛을 다셨다.

소무결은 하고 싶은 말이 많은 눈치였지만 굳이 분란을 만들고 싶지 않은지 입을 닫아 버리는 것을 택했다.

일행 사이에 어색한 기류가 맴돌며 침묵이 내려앉았다.

그러나 그 침묵은 오래지 않아 쉽게 깨지고 말았다.

의약당을 나서는 충진의 모습에, 철무한이 자리에서 벌떡 일어서며 그의 앞을 가로막은 것이다.

"어떻습니까? 그 자식 좀 어때요?"

충진이 후하고 한숨을 내쉬며 말했다.

"일단 목숨에는 지장이 없을 것이네. 다만……."

그러나 충진은 끝까지 말을 잇지 못했다. 그가 말을 끝내기도 전에 검은 그림자 하나가 획하고 의약당 안으로 들어서며 충진을 스쳐 지나갔기 때문이다.

"연아야!"

천영영이 당황한 얼굴로 제갈연을 불렀다.

그러나 충진은 고개를 저었다.

"내버려 두게. 어지간히도 걱정이 되었나 보군. 그렇다고 한꺼번에 우르르 들어가지는 말고. 아직은 안정이 필요하니까."

바로 제갈연의 뒤를 따르려던 소무결과 운현이 움찔하며 움직임을 멈췄다.

그들을 힐끔 쳐다본 철무한이 다시금 충진을 향해 목소리를 냈다.

"그래서 어떻게 되었습니까? 일단 목숨에는 지장이 없다지만, 말씀하시는 걸로 봐서는 다른 문제가 남은 듯한데."

철무한의 말에 충진이 미간을 좁혔다.

"그렇긴 한데……"

"무슨 문제입니까? 혹시 심각한 겁니까?"

이어지는 철무한의 질문에도 충진은 머뭇거릴 뿐 쉬이 답을 내놓지 못했다.

자신의 식견으로는 듣도 보도 못한 기사였기 때문이다.

"심각한 것도 심각한 것인데…… 그보다는 이상하다 생각되어서……"

"이상하다고요?"

"그래. 내가 무당에만 박혀 있느라 경험이 많지 않다고 해도 제법 많은 환자들을 보기도 했고, 또 제법 많은 책을 읽기도 했었네. 그런데 이런 경우는 어떠한 경우로든 경험한 적이 없어서……."

심각한 얼굴로 고개를 갸웃거리는 충진을 보며 덩달아
의문을 느끼는 철무한이었다.

철무한이 조심스런 얼굴로 목소리를 냈다.

"그, 그게 어떤……?"

"내력이 사라졌어."

충진의 간단한 대꾸에 철무한의 얼굴이 한순간에 새하얗
게 질려 버렸다.

다른 일행들 역시 마찬가지였다.

내력이 사라졌다는 것이 의미하는 바는 한 가지였기 때
문이다.

그러나 충진은 고개를 저었다.

"기혈에는 문제없으니 그런 얼굴들 할 건 없고."

"응?"

충진의 말에 가장 먼저 반응하는 철소화였다.

철소화가 다른 이들보다 먼저 얼굴을 수습하며 충진에게
질문했다.

"기아 오빠 내력이 사라졌다면서요?"

"그래. 그러니까 내 얕은 내력으로도 그 친구의 내상을
다스릴 수 있었던 것이지. 내가 다른 이의 내상을 다스리는
경우는 흔치 않은데……."

"아니, 아니……."

철소화가 고개를 저어 충진의 말을 끊어 냈다.

그리고는 자신이 궁금했던 것을 꺼내 놨다.

"그런데도 기혈이 멀쩡하다고요? 그게 가능해요?"

"그러니까 하는 말 아니겠는가? 이상하다고. 이런 것을 두고 기사라고 해야 하나?"

철소화가 충진의 말을 더 듣지도 않고 제 오라비에게로 시선을 돌렸다.

철소화가 딱딱한 얼굴을 하고 있는 철무한을 향해 목소리를 냈다.

"오빠, 이게 말이 돼?"


급한 걸음걸이로 뛰어들다시피 하던 제갈연이었으나 정작 모용기를 앞에 두고는 멈칫할 수밖에 없었다.

고이 잠든 듯 여전히 정신을 차리지 못하고 있는 모용기의 옆에서 물끄러미 내려다보고 있는 담설이 그 원인이었다.

그 탓에 차마 다가서지 못하고 멈칫거릴 때, 모용기에게서 시선을 돌린 담설이 그녀를 바라봤다.

"언니……."

자신을 돌아보며 말끝을 흐리는 담설.

그제야 제갈연이 고개를 끄덕이며 한 걸음 다가섰다.

"모용 공자는…… 좀 어때요?"

"좋지 않아요."

예상치 못했던 일은 아니었음에도 제갈연의 얼굴은 한결 더 무거워졌다.

걱정이 가득한 얼굴로 모용기를 내려다보던 제갈연이 담설을 쳐다보며 다시 질문했다.

"어, 어디가 어떻게……."

"내력이 사라졌어요."

담설의 말에 제갈연의 얼굴이 하얗게 질렸다.

소무결 등과 같은 우려를 하는 것이다.

그 때, 담설이 얼른 고개를 저었다.

"아니, 아니…… 기혈이 망가진 것은 아니구요."

"예?"

"기혈은 깨끗해요. 내력만 사라졌어요."

담설의 말에 제갈연이 눈을 동그랗게 떴다.

"그게 가능해요?"

일반적인 상식을 뒤엎는 기사였다.

그것이 이해가 가지 않는 것은 담설 역시 마찬가지였다.

"그러니까요. 어떻게 이게 가능하지? 보통 이렇게 하려면 기혈을 완전히 망가트려야 하는데……."

잠시 고개를 갸웃거리던 담설이 다시 제갈연을 쳐다봤다.

"오라버니를 이렇게 만든 사람이 누구인지는 모르고요?"

"그건 저도 잘……."

제갈연이 고개를 저었다.

답을 구하지 못한 담설이 아쉽다는 얼굴을 하더니 다시 모용기를 쳐다봤다.

"대체 누구지? 이런 건 스승님도 못 하실 것 같은데…… 어떻게 이게 가능하지?"

담설은 호기심이 가득한 눈으로 연신 의문을 표했다.

그런 담설을 물끄러미 쳐다보던 제갈연이 조심스럽게 말을 붙였다.

"그럼 모용 공자는……."

"아, 일단 목숨에는 지장이 없을 것 같아요. 충진 진인이 처치를 잘해 주셔서."

그제야 안도의 한숨을 내쉬는 제갈연이었다.

그러나 이내 어두워진 얼굴을 한 그녀가 모용기를 쳐다보며 말을 이었다.

"하지만 내력이 없으면……."

경우에 따라 다르겠지만, 삼류무인이라도 대부분 제 목숨보다 더 소중히 여기는 것이 내력이다.

경지에 든 이는 두말할 필요도 없었다.

만일 그런 이들이 가진 무공을 잃게 된다면, 그 상실감을 버티기가 어려워 스스로 생을 마감하거나 미쳐 버리는 일이 대다수일 터.

그렇다 보니 절정에 달한 내력을 지닌 모용기가 그러한

충격을 버텨 낼 수 있을지 우려가 된 것이다.

"그래서 말인데……."

"예?"

나직한 목소리로 말을 붙이는 담설을 제갈연이 돌아봤
다.

담설이 제갈연과 시선을 맞추고 말을 이었다.

"아무리 생각해도 일단은 스승님께 보이는 것이 좋겠어
요. 저로서는 도무지 방법이 없어서."

"스승님이라면…… 신의?"

"맞아요. 그분이라면 어떻게 방법이 있을지도 몰라요."

철무한을 앞에 둔 명진이 고개를 저었다.

"난 가지 않는다."

"이 자식아, 지금 그게 무슨 소리야? 기아가 다쳤다고!"

"안다. 네가 방금 말하지 않았나?"

"그걸 아는 놈이 할 말이냐? 그 자식 내력을 다 잃었다고!
어떻게든 해결해야……."

그러나 철무한의 말이 끝나기도 전에 다시 한 번 고개를
젓는 명진이었다.

"난 가지 않는다."

한일자로 꼭 다물어진 입에서 고집이 보였다.

이런 경우에는 그 어떤 말도 통하지 않는다는 것을 그간
의 경험으로 잘 알고 있는 철무한이다.

철무한이 한숨을 내쉬며 질문했다.

"이유가 뭔데? 왜 가지 않겠다는 거야?"

"가 봐야 도움이 되지 않으니까."

"뭐?"

"가 봐야 도움이 되지 않는다. 도움이라고 해 봐야 남경
으로 가는 동안 지켜 주는 것이 전부. 그 정도는 무결이나
다른 녀석들로도 충분하다."

"그럼 너는? 너는 뭘 하고?"

철무한의 이어진 질문에 제 검을 들어 보이는 명진이었
다.

그리고는 어딘가를 향해 휙 검을 긋는 그.

이내 픽! 하는 소리가 들리더니 두터운 나무에 흔적이 남
았다.

위력이 대단한 것은 아니지만 명진이 한 행동의 의미를
어렵지 않게 알아챈 철무한이 눈을 동그랗게 떴다.

"어? 그건……."

조금은 놀란 눈으로 자신을 쳐다보는 철무한을 향해 명
진이 고개를 끄덕였다.

"그 녀석 말로는 검력이라고 했던가? 그게 맞다."

모용기와 노도진이 보여 줬던 바로 그 기술이었던 게다.

"미, 미친! 너도 그게 된다고?"

명진이나 자신이나 검력이라 불리는 것을 접한 것은 석 달도 채 되지 않은 상황.

철무한 자신은 그것이 무엇인지 아직 감도 잡지 못하고 있었다.

그와 달리 명진은 그것에 닿은 것이다.

명진의 빠른 성취에 제법 놀랄 수밖에 없었다.

그러나 철무한은 곧 놀란 기색을 지워 내며 이를 악물었다.

"젠장! 그게 그렇게 쉬운 거였어? 난 아직 실마리도 찾지 못하고 있는 상황인데? 뭐, 이런 개 같은 경우가……."

꽤나 억울하다는 얼굴로 씨근덕거리는 철무한이었다.

철무한이 하는 바를 물끄러미 쳐다보던 명진이 고개를 저었다.

"운이 좋았을 뿐이다."

"내 말이! 되는 놈들은 운까지 따라 주는데, 왜 난 죽어라 노력해도 이 모양이냐고! 기껏 좀 잡아 볼 만한 거리가 됐나 싶더니 또 멀어져 가고…… 죽겠네 진짜."

철무한이 잔뜩 얼굴을 구긴 채 툴툴거렸다.

명진이 다시 고개를 저었다.

"너와 나는 큰 차이가 나지 않는다."

"그건 얼마 전 얘기고. 지금은 또 앞서 나갔네?"

어느새 모용기에 대한 걱정이 머릿속에서 사라진 철무한이었다.

명진처럼 선천적인 것이 아닌, 몇 년에 걸쳐 전장을 전전하며 습득한 후천적인 승부욕이 고개를 치켜든 것이다.

그것을 확인한 명진이 고개를 끄덕이며 말했다.

"너도 가지 마라."

"뭐?"

"너도 가지 말라고 했다. 이곳에 남아라."

예상치 못한 말에 당황한 얼굴을 하던 철무한은 이내 침착함을 회복하며 명진을 쳐다봤다.

"무슨 의미야?"

"몰라서 묻는 건가?"

그것은 아니다.

명진이 말을 꺼냈을 때부터 그 의도를 파악한 철무한이었다.

그러나 선뜻 받아들이기 어려운 제안이다.

"하지만 기아 녀석은……."

"무결이나 다른 녀석들로도 충분하다 말했다. 그 녀석들이 아니라도 이번에 무당에 오던 때처럼 개방도와 하오문도들이 따라붙을 테니 큰 걱정은 할 것 없다."

계속 이어진 명진의 설득에도 철무한은 여전히 확신을 하지 못하는 듯한 얼굴이었다.

그것을 알아본 명진이 다시 말을 꺼냈다.

"이렇게 계속 기아 녀석만 쳐다보고 있을 수는 없는 일 아닌가? 그 녀석이 일어난다면 다행이지만, 그렇지 못한다면 그 녀석을 그렇게 만든 이를 우리가 상대해야 한다. 복수는 해야 하지 않겠나?"

"그렇긴 하지."

"그리고 황궁도 문제다. 다른 이들은 그렇다 쳐도 노도진 이라는 그 사람은 지금의 우리로선 넘보기 어렵다."

모용기를 저렇게 만든 이는 두 눈으로 본 적이 없어 실감이 나지 않지만 노도진의 존재감은 확실하게 각인이 되어 있었다.

그러나 예전처럼 자신이 없다는 얼굴은 하지 않았다.

"그 자식도 잡아야지."

빠드득 이를 가는 철무한을 보며 명진이 고개를 끄덕였다.

겨우 설득이 된 것이다.

그러나 철무한은 아직 할 말이 남아 있었다.

"반년."

철무한의 말에 명진이 고개를 갸웃거렸다.

"무슨 말이지?"

"무슨 말이긴. 우리한테 주어진 시간이 반년이라는 거지. 그 이상은 여기에 머물 수가 없으니까."

그제야 의미를 알아챈 명진이 얼굴을 찌푸렸다.

"너무 짧다."

그 점은 철무한 역시 잘 알고 있었다.

그러나 더는 시간을 뺄 수가 없었다.

"반년 후면 순무대전이야. 기아 말 잊었어? 그 때부터 시작이라고. 더는 미적거릴 여유가 없다고."

못마땅하다는 얼굴을 하던 명진이 결국에는 고개를 젓고 말았다.

까맣게 잊고 있던 것이 뒤늦게 생각났기 때문이다.

"어쩔 수 없지."

결론이 났다.

그렇게 생각한 명진이 마무리를 위해 철무한을 쳐다봤다.

"내려가서 다른 녀석들에게 말해 둬라. 기아 녀석이 정신을 차렸다면 그 녀석에게 말해 두는 것이 더 좋고."

그러나 명진과는 달리 아직 결론이 나지 않은 철무한은 다른 말을 꺼냈다.

"그 전에……."

"뭐가 더 남았나?"

명진의 질문에 철무한이 고개를 끄덕였다.

철무한이 저도 모르게 간사한 웃음을 보이며 목소리를
냈다.

"그 검력이란 거 말이야. 나도 가르쳐 줄 거지?"

참룡
회귀록

斬龍
回歸
錄

## 77 章.

거의 한 달 만에 제 거처 밖으로 나서게 된 여중평은 그제야 살겠다는 얼굴이었다.

다른 곳도 아닌 무당이었고, 다른 이들도 아닌 개방을 위시한 명문의 후예들이었다.

다른 이들이라면 한 달간의 근신 정도로 상황이 끝난 것에 안도할지도 모를 테지만, 확실히 여중평은 비범한 구석이 있었다.

"빌어먹을 거지새끼. 날 두들겨 팬 걸로도 모자라서 근신까지 하게 만들어? 이 새끼, 내가 가만두나 봐라."

여중평이 유독 소무결을 떠올리며 이를 바득바득 갈 때, 그의 옆으로 시종 석두가 따라붙었다.

"공자님."

"어, 그래. 알아봤어?"

여중평이 시킨 일을 이미 다 처리한 석두였다.

그러나 석두는 여전히 불안하다는 얼굴로 목소리를 냈다.

"그렇긴 한데……."

"그렇긴 한데?"

"아무래도 다시 한 번 생각해 보시는 게 어떻겠습니까? 단주님께서 신신당부하신 것도 있고, 소인은 아무래도 불안해서……."

"이 돌대가리 새끼야! 그러니까 조용히 알아보라는 거였잖아! 조용히란 말의 의미를 몰라?"

이름과는 달리 머리는 제법 비상하게 돌아가는 석두였다.

그래서 그 조용히라는 것이 얼마나 어려운 일인지 잘 안다.

천우상단주인 여영기의 눈과 귀를 속이는 것은 쉽지 않은 일이었기 때문이다.

"하지만 단주님의 귀에 흘러들어 가지 않게 하는 것이 쉬운 일은 아니라서……."

"쉽지 않긴 개뿔. 아버지가 할 일이 그렇게 없으신 줄 알아? 벌써 그 일은 까맣게 잊고 계실걸? 쓸데없는 소리 말고 결과물이나 내놔. 어떻게 됐어?"

여중평의 거듭된 재촉에도 석두는 여전히 망설이는 얼굴이었다.

여영기는 그렇다 쳐도 다른 것이 걸렸기 때문이다.

"하지만 명문의 후계들이라던데, 자칫 일이 새어 나가기라도 하면……."

"새어 나가긴 뭘 새어 나가? 죽은 자는 말이 없다 몰라? 그러려고 금자 백 냥이나 때려 박은 거 아니야? 헛소리 그만하고 결과물이나 내놔. 누구 불렀어? 몇 명이나 불렀어?"

도무지 자신의 말을 들을 생각도 하지 않는 여중평의 모습에 석두가 후하고 한숨을 내쉬었다.

석두가 미적거리는 모습을 보이자 여중평이 와락 얼굴을 일그러뜨렸다.

"이 새끼가 진짜! 요즘 대가리 좀 굵어졌다 이거지? 죽을래? 죽고 싶어? 너네 집구석 싹 지워 줄까?"

여중평의 위협에 석두가 화들짝 놀라며 손을 내저었다.

"아, 아닙니다. 소인은 그저 공자님께 화가 미칠까 걱정이 되어서……."

"주제넘은 소리. 누가 누굴 걱정해? 마지막으로 말한다. 결과물 내놔."

살기가 물씬 담긴 여중평의 목소리에 석두는 더는 버틸 수가 없었다.

석두는 미리 준비했던 것을 천천히 풀어놓기 시작했다.

그의 말이 이어질수록 여중평의 얼굴에는 화색이 돌았다.

이윽고 석두의 말이 끝이 나자 여중평이 만족스럽다는 얼굴로 고개를 끄덕였다.

"그래. 그래서 언제 할 건데? 그 자식들 무당에서 내려오자마자?"

"아무리 그래도 그건 좀…… 소인의 짧은 생각으로는 그들이 호북을 빠져나가는 시기를 기다렸다가 일을 도모하시는 것이 좋을 것 같습니다."

"그건 너무 오래 걸릴 것 같은데……."

여중평이 못마땅하다는 얼굴을 했다.

그러나 일을 깔끔하게 처리하자면 그편이 합당하기는 했다.

결론을 내린 여중평이 고개를 끄덕였다.

"그렇게 하지. 참, 고 계집애들은 손대지 말라고 말해 둬. 무슨 말인지 알아들었지?"

여중평이 제갈연과 철소화를 떠올리며 음흉한 눈을 했다.

개방이나 다른 명문의 이름에도 기어이 일을 도모하려는 의도가 명확하게 보였다.

눈치 채지 못한 것은 아니지만 괜히 입맛이 썼다.

그러나 석두는 그것을 밖으로 드러내지 못하고 고개를 숙일 뿐이었다.

"알겠습니다."

❖ ❖ ❖

모용기가 정신을 차린 것은 닷새가 지난 시점이었다.

그가 어떻게 반응할지 몰라 조마조마한 얼굴로 눈치를 보는 제갈연이나 소무결 등과는 달리, 정작 모용기는 의외로 발작을 일으키지 않았다.

그러나 얼마 남지 않은 내력에 얼굴이 찌푸려지는 것만큼은 그 역시 어쩔 수가 없는 현상이었다.

"젠장. 진짜 쥐꼬리만큼 남겨 뒀네."

대충 십여 년 정도의 내력이다.

이 정도면 되돌아왔을 때와 같은 수준이었다.

할 수 있는 것에 한계가 있었다.

모용기가 답답함에 한숨을 푹푹 내쉬었다.

그 모습을 유심히 지켜보고 있던 정주형이 제갈연을 툭 쳤다.

"어?"

제갈연이 시선을 돌리자 그가 모용기를 향해 턱짓을 했다.

별다른 말이 없어도 그것에 담긴 의미는 명확했다.

제갈연이 당황한 얼굴을 했다.

"왜 내가……."

정주형만이 아니라 모두의 시선이 제갈연을 향하고 있었다.

심지어 철소화나 담설마저 마찬가지였다.

제갈연이 체념한 얼굴로 한숨을 푹 내쉬었다.

그리고는 곧 조심스런 걸음걸이로 모용기에게 다가갔다.

"저······."

"어? 왜?"

평소보다는 조금 더 찡그린 얼굴이었다.

그러나 그리 큰 차이는 아니다.

생각보다 침착함을 유지하는 모용기였지만, 제갈연의 얼굴은 한결 더 조심스러워졌다.

제갈연이 모용기의 눈치를 보며 말했다.

"저····· 괜찮으세요?"

"뭐가?"

"그····· 내력······."

"아, 내력? 짜증나지만 어쩌겠어? 이미 이렇게 되어 버린 걸. 내력 좀 없다고 죽는 것도 아니고, 어디 망가진 것도 아니니까 다시 채우면 되고."

모용기의 담담한 대꾸에 철소화가 제갈연을 밀치며 앞으로 나섰다.

"오빠. 오빠 진짜 괜찮아? 내력이 다 사라졌는데?"

"다 사라진 건 아니고, 십 년 치 정도는 남았어."

"그거나 그거나. 정말 괜찮은 거야?"

"이게 어딜 봐서 그거나 그거냐? 이게 얼마나 큰 차인데.

이 정도도 안 남았으면 난 벌써 죽었다고."

"어쨌든! 완전 바닥으로 굴러떨어진 거잖아."

철소화가 오히려 흥분한 기색을 보였다.

모용기가 뚱한 얼굴로 철소화를 쳐다봤다.

"이게 왜 흥분하고 난리야?"

"내가 흥분 안 하게 생겼어? 오빠 내력이 일갑자? 이갑 자? 거기서 십 년 치만 남은 건데……."

"이갑자는 아니고."

"아, 진짜! 자꾸 말 돌리지 말고! 지금 그럴 때가 아니잖 아."

모용기가 그제야 얼굴을 찌푸리며 철소화를 쳐다봤다.

"그래서 뭐? 나보고 어쩌라고?"

"어?"

"나보고 어쩌라는 거냐고? 쥐꼬리만큼 남은 내력도 다 내다 버리고 콱 죽어 버릴까? 그게 속이 편하겠어?"

"아니, 난 그런 말이 아니라……."

"시끄러. 이게 왜 이리 호들갑을 떨어? 살다 보면 올라갈 때도 내려갈 때도 있는 거지. 바닥 좀 봤다고 호들갑 은……."

모용기가 곱지 않은 눈초리로 철소화를 노려봤다.

조금은 날이 선 듯한 모용기의 눈초리에 철소화가 당황 한 얼굴로 주춤거렸다.

제갈연이 얼른 철소화 앞을 막아섰다.

"공자님, 소화는 그런 뜻이 아니라……"

"그러니까 쓸데없는 걱정이라고. 가뜩이나 기분도 안 좋은데 짜증나게 왜 아픈 곳을 자꾸 찔러? 그냥 내버려 두라니까."

모용기가 짜증이 배인 목소리로 투덜거렸다.

그러나 날이 서 있던 눈빛이 조금은 무뎌졌다.

그것을 눈치 챈 제갈연이 안도의 한숨을 내쉬며 다시 말했다.

"그럼 이제 어떻게……"

"글쎄……"

모용기가 고민이 된다는 듯한 얼굴로 턱을 긁적였다.

제갈연이 조심스런 얼굴로 말을 붙였다.

"담 소저 말로는 담 소저 사부님께 보이는 게 좋겠다고……"

"담 소저? 설아?"

"예."

제갈연이 고개를 끄덕이자 모용기가 한 걸음 물러서서 물끄러미 자신을 쳐다보고 있는 담설을 쳐다봤다.

담설이 걱정이 가득 담긴 눈으로 고개를 끄덕였다.

"아무래도 사부님을 뵙는 게 좋을 것 같아서요."

"어디 다친 것도 아닌데 할아버지는 뭐하러?"

"그래도……."

"됐어. 이건 할아버지도 못 고쳐."

내상을 입은 것이 아니라서 치료를 받을 것이 없었다.

신의가 손을 댈 만한 것이 아니었다.

그것은 괴의 역시 마찬가지다.

모용기가 얼른 철소화를 향해 손을 저었다.

"너네 할아버지도 마찬가지야. 어디 다친 게 아니니까."

자신이 말을 꺼내기도 전에 보인 거부의 의사에 철소화
가 무안한 얼굴을 했다.

담설이 철소화를 힐끔 쳐다보고는 한 걸음 앞으로 나섰다.

"그래도 일단 사부님께 보이는 게 좋겠어요. 아무런 내상
도 없이 내력만 사라진다는 게…… 아무래도 이상해요. 이
런 건 듣지도 못했다구요."

고집이 담긴 담설의 얼굴에 모용기가 얼굴을 찌푸렸다.

그 안에서 짜증을 읽은 제갈연이 얼른 다시 나서며 담설
을 거들었다.

"담 소저 말이 맞아요. 제 생각에도 일단은 신의께 보이
는 게 좋겠어요. 기혈을 건드리지 않고 내력만 앗아가 버릴
정도의 고수라면 무슨 짓이든 가능하지 않겠어요? 일단은
신의께 보이고 만전을 기하는 게 좋을 것 같아요."

"그러니까 그 정도 고수가 무슨 짓을 했으면 우리 할아
버지라고 알아낼 수 있을 것 같아? 쓸데없는 짓이라니까."

"그래도 보이는 게 좋을 것 같아요. 최대한 조심하는 게 좋아요."

담설에 이어 제갈연 역시 고집이 가득한 얼굴이었다.

모용기가 난감한 얼굴로 한숨을 푹 내쉬었다.

그 때, 눈치만 보고 있던 소무결이 슬며시 말을 붙였다.

"그런데…… 그 노인은 대체 누구야? 대체 누구길래 널 이 꼴로 만들어?"

제 사부인 홍소천은 물론이고 봉마곡의 노인들 역시 건드리기 힘든 것이 모용기였다.

일전에 정무맹에서 보았던 노도진 정도를 제외하고는 모용기가 누군가와 제대로 손을 섞는 것을 찾아보기조차 어려웠다.

그런 모용기를 제대로 된 싸움도 아닌 단 일수에 제압했다는 것이 믿기지 않았던 것이다.

그것은 다른 이들 역시 마찬가지였다.

모두의 눈이 자신의 입으로 쏠렸지만 모용기는 고개를 저을 수밖에 없었다.

"나도 몰라."

"뭐? 네가 모르면 그걸 누가……."

"나도 모른다니까. 다짜고짜 나타나서 신경 긁더니 이 꼴로 만들었다고. 아, 부탁 하나 하자. 그 영감 누구인지 개방에서 알아봐 주라."

"야, 그걸 왜 우리 개방에……."

"그럼 개방 말고 어디다 맡겨? 하오문에? 아서라. 내가 이 꼴이 된 걸 알면 거기 문주가 칼 들고 뛰어올걸? 예전에 자기 개고생시켰다고."

모용기의 말에 소무결이 얼굴을 찡그렸다.

괜히 말을 붙였다 혹만 붙인 것이다.

그러나 곧 후하고 한숨을 내쉬며 다시 목소리를 냈다.

"그렇게 무턱대고 찾으라고 하지 말고, 뭐 특이점 같은 건 없었어?"

"특이점?"

"그래. 뭐 특별하게 기억난다거나 하는 것 없어?"

"글쎄……."

"야, 그럼 어떻게 찾으라고? 뭔가 특징이라도 있어야 찾든가 말든가 할 거 아냐?"

소무결의 타박에 모용기가 끙하고 앓는 소리를 냈다.

정신이 없던 터라 상대를 살필 생각을 하지 못한 것이다.

그 때, 제갈연이 다시 목소리를 내며 둘 사이에 끼어들었다.

"아무래도 관의 인물 같던데……."

"관?"

소무결이 자신을 쳐다보자 제갈연이 고개를 끄덕였다.

"그래. 언뜻 봤는데 신발이 엄청 고급이었어. 가죽도 질이 좋아 보이고 장식도 용으로 된 게 화려하더라고. 그런 건 무일이네 아버지도 무리일걸? 돈이 문제가 아니라 그런 걸 함부로 신고 다니면 관에서 가만두지 않을 테니까."

제갈연의 말에 임무일이 고개를 끄덕였다.

"그런 건 무리지. 잘못하면 대역죄로 몰리니까. 누가 용으로 장식된 신발을 신고 다닐 생각을 하겠어? 미친놈이지."

소무결이 임무일과 제갈연을 번갈아 쳐다보며 생각을 정리했다.

"그러니까 너네들 말은 관의 인물 중에 고수를 찾으면 된다 이거잖아?"

임무일이 한마디 덧붙였다.

"생각보다 더 고관일걸? 용이 장식된 신발을 신고 돌아다니면서도 멀쩡한 걸 보면 천자가 어지간히도 아끼는 것 같은데……"

제갈연의 목소리 또한 뒤따랐다.

"생각보다 더한 고수일걸? 모용 공자가 손 한 번 써 보지 못했다니까."

둘의 목소리에 소무결이 난감하다는 얼굴을 했다.

"이거 곤란한데…… 그런 사람이 여태껏 소문 하나 없는 걸 보면, 꽁꽁 숨겨져 있다는 건데……"

그러나 곤란하다는 얼굴과는 별개로 두 눈은 호기심으로 반짝이고 있었다.

그것을 알아본 임무일이 주의를 주는 것을 잊지 않았다.

"최대한 조심스럽게 움직여. 잘못하면 개방이 사라질지도 모르니까."

"그런 건 내가 알아서 할 일고."

소무결이 다시 모용기를 쳐다봤다.

"그건 내가 알아서 할 테니까 신경 쓰지 말고. 그보다 이제 어떻게 할 거야?"

모용기가 뭐라 대답하기도 전에 담설이 먼저 반응했다.

"사부님을 봐야 한다니까요."

"맞아. 일단 신의부터 뵈어야지."

제갈연까지 뒤따르자 모용기가 한숨을 내쉬며 말했다.

"가 봐야 소용없다니까. 그리고 지금 중요한 건 그게 아니라……."

"그럼 중요한 게 뭔데요?"

제갈연이 모처럼 물러섬을 보이지 않았다.

그것이 마음에 들지 않는지 모용기가 얼굴을 찌푸렸다.

"그러니까 명진이네 사부한테 물어볼 게……."

말을 쏟아 내던 모용기가 멈칫했다.

딱딱하게 군은 그의 모습에 제갈연이 고개를 갸웃거리며 목소리를 내려는 순간, 모용기가 먼저 손을 저어 그녀의 입을 틀어막았다.

모용기가 미간을 모았다.

'그러고 보니까 충허 진인한테 물어볼 게 있었는 데…….'

충허가 남긴 말에 정신이 팔려서 까맣게 잊고 있었던 일이다.

뒤늦게 그것이 떠오른 모용기가 난감하다는 얼굴을 했다.

'에이 씨. 그 사람은 괜히 이상한 말만 해서는 정작 물어봐야 할 걸 못 물어봤네. 이걸 어쩐다?

세상에 없는 사람에게 무언가를 기대한다는 것은 미련한 짓이다.

잠깐 머리를 굴리던 모용기는 결국 담설과 제갈연을 쳐다보며 고개를 끄덕일 수밖에 없었다.

"가자. 할아버지 뵈러……."

모용기의 말에 담설이 먼저 환한 얼굴로 목소리를 냈다.

"잘 생각하셨어요. 사부님이라면 분명 무언가 방법이 있을 거예요."

그러나 제갈연의 얼굴은 어딘가 떨떠름해 보였다.

제갈연이 조금은 의심이 담긴 눈으로 모용기를 쳐다봤다.

"그렇게 갑자기…… 혹시 무슨 이유라도……?"

"왜? 가지 마? 그렇게 할까?"

"아니, 그건 아니고요."

다급하게 고개를 젓는 제갈연을 보며 모용기가 픽 웃음을 보였다.

그러나 그것도 잠시, 어질어질한 머리를 부여잡고 다시금 침상에 몸을 눕히는 모용기였다.

모용기가 친구들을 돌아보며 손을 휘휘 내저었다.

"다들 나가 봐. 난 좀 쉬어야겠으니까."

모용기의 말에 여태껏 가만히 듣고만 있던 고민우가 짝하고 손뼉을 치며 친구들의 주의를 끌었다.

"기아 말대로 일단 나가자. 저 녀석도 쉬어야 하니까."

운현이 모용기를 쳐다보며 말했다.

"혼자 있어도 괜찮겠어? 누가 옆에 있는 게……."

"됐어. 정신만 사납지. 다들 나가 봐. 난 좀 자야겠으니까."

그리고는 대뜸 눈을 감아 버리는 모용기였다.

모용기의 모습을 물끄러미 쳐다보던 이들은 조금 시간이 지나자 하나씩 그의 거처를 벗어나기 시작했다.

마지막으로 담설의 미련이 가득한 기척마저 사라지자 그제야 다시금 눈을 뜨는 모용기였다.

모용기가 슬며시 상체를 일으키더니 뺨을 긁적였다.

"남은 건 노도진인데……."

충허 다음이 노도진이다.

노도진이 바로 모용기가 남경으로 향하는 이유였다.

그러나 모용기는 어딘가 불안한 얼굴이었다.

"지난번에 봤을 때 아무것도 모르는 것 같던데……."

무언가를 알고 있었다면 자신을 보고 그런 반응을 보이지는 않았을 것이라는 판단이었다.

그러나 모용기는 고개를 저을 수밖에 없었다.

남은 단서는 노도진 외에는 존재하지 않았기 때문이다.

"가자. 가긴 가는데…… 그 인간 감당할 수 있을까 몰라."

노도진의 무학의 깊이를 언뜻이나마 엿보았던 모용기는 그저 한숨만 푹푹 내쉬었다.

무당산을 내려오는 동안 철소화는 연신 뒤를 힐끔거렸다.

몇 년 만에 만난 제 오라비와 또다시 헤어져야 한다는 것이 영 마뜩찮은 얼굴이었다.

철소화와 나란히 서서 걸음을 옮기던 모용기가 그녀를 힐끔거리며 말했다.

"그렇게 떨어지기 싫으면 다시 올라가든가."

"오빠는 말을 해도 꼭 그렇게 얄밉게 하더라? 난 걱정돼서 그러지. 몇 년이나 소식이 없었는데."

"쓸데없는 걱정. 모르긴 몰라도 너보다 더 잘 먹고 잘 지냈을걸?"

"어딜 봐서? 살이 쏙 빠졌더구만."

"누가? 무한이가?"

철소화의 말에 모용기가 어이가 없다는 얼굴을 했다.

그러나 철소화는 꿋꿋하게 제 말을 이어 갔다.

"그럼 아냐? 오빠도 봤잖아. 예전에는 얼굴도 통통한 게 귀여운 맛도 있었는데, 지금은 살이 쏙 빠져서 어딘가 모르게 날카로운 인상을 주는 거."

"야. 그건 젖살이 빠져서 턱 선이 드러나는 거고."

"그건 살 아냐? 그것도 살이라고."

철소화가 한마디도 지지 않고 대꾸했다.

모용기가 헐하고 헛웃음을 흘리더니 곧 고개를 절레절레 젓고 말았다.

"내가 말을 말아야지. 너랑 무슨 말이 통하겠냐?"

"내가 뭘? 오빠가 너무 안이한 거지. 여기 무당이라고. 정파 한가운데. 위험할지도 모르는데……."

"안 위험해. 무당이 괜히 무당인 줄 알아? 눈곱만큼도 위험할 일 없으니까 쓸데없는 걱정 말고 빨리 걷기나 해. 너 때문에 속도가 안 나잖아."

제법 시간이 지났음에도 아직 무당산을 벗어나지 못한 것이 못마땅한 모용기였다.

그러나 그 부분에 대해서는 철소화도 할 말이 있었다.

"그게 왜 내 탓이야? 다들 오빠 생각한다고 일부러 느리게 걷는 거잖아."

"나?"

"그럼 이게 나 때문인 줄 알았어? 나 혼자였으면 다들 나 내버려 두고 달려갔을걸?"

철소화의 말에 모용기가 주위를 돌아봤다.

정주형을 비롯한 몇몇이 움찔 몸을 떨며 모용기의 시선을 피했다.

굳이 그럴 필요가 없음에도 지나치게 눈치를 보는 모습이었다.

괜히 입안이 써서 모용기가 쩝하고 입맛을 다셨다.

'왜 걱정하냐고 짜증낼 수도 없는 일이고……'

호의를 악의로 대할 필요는 없었다.

그렇다고 마냥 이대로 움직이자니 지나치게 속도가 나지 않는 것도 사실이다.

잠깐 고민을 하던 모용기가 무슨 생각이 들었는지 석대림을 쳐다보며 히죽 웃었다.

석대림이 불안한 얼굴로 목소리를 냈다.

"왜 그렇게 쳐다보세요?"

"왜? 쳐다보면 안 되냐?"

"그건 아니지만, 괜히 불안해져서……."

모용기가 저런 식으로 웃음을 보이며 자신을 쳐다봤을 때 좋았던 기억이 한 번도 없었던 탓이다.

석대림은 저도 모르게 불길함을 느꼈고, 그 불길함은 이번에도 제대로 들어맞았다.

"까불지 말고 이리 와서 나 좀 업어."

"예?"

"뭘 그렇게 놀래? 나 좀 업으라니까. 얼른 이리 와 봐."

모용기가 손짓을 하며 재촉을 하자 석대림이 울상을 했다.

그 때 혁련강이 모용기에게 다가서더니 등을 내밀었다.

모용기가 혁련강의 넓은 등짝을 쳐다보며 얼굴을 찡그렸다.

"뭐냐, 이건?"

"업혀라. 나한테 업히는 게 더 빠를 거다."

이번에도 호의가 가득했지만 모용기는 고개를 저었다.

"됐어. 넌 안 돼."

"난 안 된다고?"

"그래. 너뿐만 아니라 다른 녀석들 모두 마찬가지야. 내가 업힌다고 너희들이 땀 한 방울 흘리기나 하겠어? 그딴 짓을 뭣하러 해? 그냥 내 발로 걷고 말지."

모용기의 말에 운현이 어처구니없다는 얼굴을 했다.

"그럼 대림이 힘들게 하려고 일부러 부른 거라고?"

"당연하지."

모용기가 고개를 끄덕이며 혁련강의 넓은 등짝을 손바닥으로 짝하고 쳤다.

"그게 아니면 내가 미쳤다고 대림이한테 업히겠어? 여기더 빠르고 안락한 등짝이 있는데."

"미친놈. 이 자식 이거 정무맹에서 벌집 던질 때부터 제정신은 아니라고 생각하긴 했었는데, 너 변태냐? 너도 남의고통을 보고 쾌감을 느끼는⋯⋯."

"시끄러."

모용기가 운현은 향해 인상을 긁어 그의 입을 틀어막았다.

그리고는 석대림을 쳐다보며 목소리를 냈다.

"너는 애들과는 달라. 애들은 내가 손대도 더 성장하지못해. 여기서 더 크려면 저들 스스로 크는 수밖에 없어. 그런데, 넌 다르지. 넌 내가 손대면 대는 대로 쑥쑥 크잖아. 아직 여력이 많으니까. 내가 괜히 너 괴롭히고 싶어서 그러는게 아니라 다 널 생각해서 하는 짓이라고. 그러니까 얼른와서 나 업어."

모용기의 말에 운현이 머쓱한 얼굴로 물러섰다.

모용기에게 등을 보이고 있던 혁련강 역시 슬며시 거리를 벌렸다.

석대림이 한숨을 푹 내쉬더니 터덜터덜 걸음을 옮겨 모용기에게 등을 내밀었다.

"업히세요."

모용기가 히죽 웃으며 석대림의 등에 덥석 매달렸다.

아직 체격이 다 성장한 것이 아니라 겉보기에는 불안해 보였지만 곧잘 움직이는 석대림이었다.

철소화가 이전처럼 모용기의 옆에서 보조를 맞춰 걸음을 옮기다가 고개를 갸웃거렸다.

"그런데 오빠."

"왜?"

"애한테는 왜 이렇게 잘해 줘? 정무맹에서 처음 만난 것 아냐? 누가 보면 친동생인 줄 알겠어."

다들 철소화와 같은 생각이었다.

그것은 석대림 본인 역시 마찬가지였다.

석대림이 슬며시 고개를 돌려 제 등에 업힌 모용기를 힐끔거리려 할 때, 따뜻한 손이 그의 머리 위에 턱하고 내려앉더니 쑤석거리기 시작했다.

"혀, 형님!"

"이번엔 좀 오래 살아라."


무당산 아래 처음 짐을 풀었던 객잔에는 여전히 금소소가 기다리고 있었다.

제법 시간이 지났음에도 그곳을 떠나지 않고 끈질기게 자신들을 기다리고 있는 그녀를 보며 임무일이 의아하다는 기색을 감추지 못했다.

"저 아줌마는 대체 목적이 뭐야?"

모용기가 임무일의 시선을 따라가 금소소를 쳐다봤다.

모용기가 슬며시 뺨을 긁적이다가 고개를 끄덕이더니 금소소에게로 방향을 잡았다.

"어? 너 어디 가?"

임무일의 부름을 무시한 채 걸음을 옮기는 모용기.

한 걸음 물러서서 불안한 얼굴로 쳐다보고 있는 조희진을 뒤로하고 모용기는 기어이 금소소에게로 다가갔다.

금소소가 고개를 갸웃거리며 모용기를 쳐다봤다.

자신이 따라다니는 것을 막지는 않았지만 다른 이들보다 더 데면데면했던 것이 모용기였기 때문이다. 어쩌다 우연히 스치는 것 외에는 접근조차 하지 않았던 그였다.

"무슨 일이니?"

"아줌마, 이제 얘기 좀 해 봐야 하지 않을까?"

"얘기?"

금소소의 두 눈에 의문이 짙어졌다.

모용기가 뜸을 들이지 않고 본론을 꺼내 들었다.

"아줌마가 우리 쫓아다니는 거 말이야. 월향이라고 했던가? 그 할망구 핑계를 대고 있는데, 그게 전부는 아니지? 아,

희진이 핑계를 대면서 웃기지도 않는 소리를 하려거든 미리 넣어 두고."

모용기의 말에 금소소의 얼굴이 딱딱하게 굳어졌다.

모용기가 어깨를 들썩이며 말을 이었다.

"그렇다고 그렇게 긴장할 건 없고. 우리를 건드리는 게 아니면 아줌마가 뭔 짓을 해도 상관없으니까. 단!"

모용기가 조금은 강하게 말했다.

금소소가 긴장한 얼굴로 모용기를 쳐다봤다.

긴장으로 딱딱하게 굳어 버린 금소소와 시선을 맞추던 모용기는 어느덧 싸늘하게 식어 버린 눈으로 낮게 목소리를 냈다.

"아줌마가…… 아니, 검각이 우릴 이용하는 건 좋아. 거기도 멍청이들만 있는 건 아닐 테니까 십여 년이나 쫓아다녔으면 그 할망구가 어디에 속해 있는지 정도는 감을 잡았겠지. 그러니까 남경에서 모습을 보인 것일 테고. 아닌가? 멍청이들만 있는 건가? 그러니까 남경에서 칼질할 생각을 한 건가? 대체 무슨 생각으로 거길 간 거야?"

비꼬는 듯한 말투로 질문을 던지는 모용기를 쳐다보며 금소소가 아랫입술을 꼭 깨물더니 곧 목소리를 냈다.

"하고 싶은 말이 무엇이냐?"

"몰라서 물어? 에이, 아니지. 무공이 강한 것도 아니던데 검각에서 믿고 맡길 정도면 제법 머리가 돌아간다는 말인데,

진짜 모른다고 하면 나 실망할 거야."

모용기의 말에 금소소가 얼굴을 찌푸렸다.

그러나 오래지 않아 한숨을 폭 내쉬며 목소리를 냈다.

"원하는 게 무엇이냐?"

"역시 말이 통하긴 하네. 그럼 단도직입적으로 말할게. 아줌마, 검각에서 우릴 이용하는 건 좋은데, 그러려면 검각에서도 뭔가 하나는 내놔야 하지 않을까? 원래 세상살이가 그렇잖아. 주고받는 거. 가는 게 있으면 오는 게 있어야 판이 안 깨진다는 건 아줌마도 잘 알지?"

"말이 길다. 원하는 것이 무엇이냐고 묻지 않느냐?"

금소소의 말투가 조금은 싸늘했다.

눈빛에는 이전의 온화했던 그것이 아닌 차가움이 가득 들어차 있었다.

금소소의 생소한 모습에 모용기가 쩝하고 입맛을 다셨다.

'대단하긴 하다. 가면을 쓴 채 이제껏 이런 모습을 감추고 살았으니…… 아니지. 이것도 가면이려나?'

물끄러미 금소소를 쳐다보던 모용기는 이내 고개를 저었다.

중요한 것은 그것이 아니기 때문이다.

"뭐겠어? 아줌마도 잘 알 거 아니야? 검각에서 우리 지원 좀 하라는 거지."

"너희를? 지원이라면 어떤……"

모용기는 금소소가 말을 끝내기도 전에 고개를 저었다.

"고작 그걸로? 에헤이, 날로 먹으려고 하지 말고. 그러다가 머리 벗겨져. 아미파에 들어갈 생각이 아니라면 그러지 않는 게 좋을걸?"

진지함이라고는 찾아볼 수 없는 모용기의 말투에 금소소가 얼굴을 찌푸렸다.

그러나 이제껏 그를 봐 온 기억을 떠올리면 이럴 때 화를 내면 자신만 손해라는 것도 잘 안다.

금소소가 어느새 신색을 회복하며 다시 질문을 했다.

"그래서 원하는 것이 무엇이냐?"

"거 알면서. 그래도 물어보니까 대답은 해 줄게. 정무맹, 패천성. 검각에서 협조 좀 해."

"그걸 지금 말이라고……."

"이거 알 만한 사람이 자꾸 왜 이래? 아줌마 목적이 뭔지, 아니 검각의 목적이 뭔지는 모르겠는데, 그거 달성하려면 협조하는 게 좋지 않겠어? 아줌마도 나와 보니까 월향이라는 할망구가 저쪽에 깊이 관여되었다는 거 잘 알았을 거 아니야? 그러니까 우리한테 들러붙은 거고. 내 말이 틀려?"

핵심을 찌르는 모용기의 말에 금소소는 아무런 대꾸도 하지 못했다.

깊숙이 가라앉은 금소소와 시선을 마주하며 모용기가 말을 이었다.

"그러니까 개방주와 패천성주 만나서 얘기 한번 잘해 봐. 그게 검각에도 좋지 않겠어?"

"그건 내가 결정할 수 있는 것이 아니다."

"그건 나도 알아. 하지만 아줌마 말이 검각에서 제법 먹힐 거라는 것도 잘 알지. 그러니까 아줌마 혼자만 내버려 두고 다 돌아간 것 아니야? 아줌마 판단력을 믿으니까."

자신들의 사정을 훤히 들여다보는 듯한 모용기의 말에 금소소가 얼굴을 찌푸렸다.

"넌 대체 누구냐?"

"그것도 잘 알잖아. 다 쓰러져 가는 모용세가 둘째라는 거. 쓸데없는 말 하지 말고 검각에 연통이나 넣어. 가급적이면 정성 좀 들여서 검각주가 움직이도록 말이야. 내 말 무슨 뜻인지 알지?"

모용기가 한쪽 눈을 찡긋거렸다.

그리고는 볼일을 끝마쳤다는 듯 미련 없이 신형을 돌렸다.

그 때 금소소가 목소리를 내며 그의 발목을 낚아챘다.

"혹시…… 우리의 목적이 무엇인지 알고 있느냐?"

"그걸 내가 어떻게 알아? 내가 무슨 신선이나 부처도 아니고. 그래도 짐작 정도는 할 수 있지. 월향이라는 그 할망구, 검각에서 뭔가 훔쳤나 봐? 그러니까 10년이 지나도 죽자 사자 매달리는 거 아냐?"

모용기의 대구에 금소소의 얼굴이 완전히 굳어졌다.

모용기가 히죽 웃음을 보이며 신형을 돌렸다.

멀어져 가는 모용기의 뒷모습을 물끄러미 쳐다보고 있던 금소소는 그가 다시 친구들과 어울릴 때쯤 저도 모르게 중얼거리듯 목소리를 냈다.

"각주님께서 움직이시려나……."

"헉, 헉……."

모용기를 업은 석대림의 입에서 쉴 새 없이 거친 숨소리가 흘러나왔다.

숨소리가 들릴 때마다 하얀 입김이 뿜어져 나오며 눈앞을 어지럽혔지만 모용기는 그의 상태에 관심도 없었다.

제 상황이 더 급했기 때문이다.

"으으…… 춥다."

등 뒤로 날카로운 찬바람이 훑고 지나갈 때마다 움찔움찔 몸을 떠는 모용기.

내력이 없다는 것은 생각보다 더 불편했다.

당장 할 수 있는 것이 줄어든 것도 있었지만 그보다 더 문제가 되는 것은 추위를 타기 시작했다는 것이다.

석대림에게서 온기가 전해지고 있었지만 큰 도움이 되지

않았다.

석대림과 보조를 맞추며 걸음을 옮기던 소무결이 모용기를 쳐다봤다.

"그러니까 대림이 그만 괴롭히고 좀 걸으라니까. 몸을 움직여야 덜 춥지."

소무결의 목소리에 모용기가 솔깃한 얼굴을 했다.

그러나 그것도 잠시뿐이다.

모용기가 고개를 저었다.

"내가 나 좋자고 이 짓 하는 줄 알아? 이게 다 대림이 이 자식 생각해서 하는 짓이라고. 이건 뭐 체력부터가 엉망이니…… 고거 좀 걸었다고 숨소리 거칠어진 것 봐라. 이걸 어떻게 그냥 내버려 둬?"

소무결이 숨결이 거칠어진 석대림을 힐끔 쳐다봤다.

함께 시간을 보낸 것이 제법 되어 정이 든 터라 안타깝기도 했지만 딱 그뿐이다.

모용기처럼 그를 챙길 생각은 조금도 없었다.

그것은 소무결만이 아니라 다른 이들 역시 마찬가지였다.

소무결과 함께 걸음을 옮기던 임무일이 모용기를 쳐다보며 말했다.

"그놈의 오지랖 하고는. 진짜 어지간히도 챙기네. 왜? 대림이 녀석이 네 숨겨 둔 동생이라도 되는 거냐?"

"뭔 헛소리야? 우리 아버지 돌아가신 지가 언젠데."

"그럼 뭐 때문에 그러는 건데? 솔직히 친동생이라도 그 정도는 안 챙기겠다."

"시끄러. 그보다 어디 인가가 있는지나 알아봐. 이제 곧 날이 저물 것 같은데 이러다간 또 노숙하겠다고."

말을 돌리는 모용기의 모습에 임무일이 얼굴을 찡그렸다.

그가 마음에 들지 않는다는 얼굴로 한마디 하려는 찰나, 고민우가 먼저 나서며 그의 입을 틀어막았다.

"지난번에 올 때 살폈는데 이 근처에는 인가가 없어."

"그럼 또 노숙이라고?"

모용기의 물음에 고민우가 어깨를 들썩였다.

그의 반응을 본 모용기가 한숨을 내쉬었다.

"제길…… 이 날씨에 노숙하면 뼛속까지 시른거리는데……"

모용기가 투덜거리는 것을 들은 철소화가 그의 곁으로 다가오며 고민우에게 말했다.

"근처에 사당 같은 곳도 없어? 기아 오빠 상태 정말 나빠 보이는데……"

철소화의 말대로 모용기는 얼굴도 창백했고 몸을 끊임없이 잘게 떨었다.

점점 더 한기가 스며들고 있었던 탓이다.

고민우가 모용기를 힐끔 쳐다보더니 고개를 끄덕였다.

"한 번 더 찾아볼게. 주형아."

고민우의 부름에 안은희, 담설과 함께 보조를 맞추며 걸음을 옮기고 있던 정주형이 그를 쳐다봤다.

"왜?"

"쉴 곳이 있나 찾아보자."

"또 나야? 하여간 만만한 게 나라니까."

정주형이 얼굴을 찌푸리며 투덜거렸다.

그러나 거부의 의사를 보이지는 않고 고민우에게 다가서는 정주형이었다.

그들이 순식간에 멀어지자 철소화가 모용기를 쳐다보며 말했다.

"조금만 참아 봐. 쉴 만한 곳이 있을 테니까."

걱정이 가득 담긴 철소화의 눈길이 자신에게 닿자 모용기가 얼굴을 찡그렸다.

그녀의 눈에 비친 자신의 모습이 한심했던 탓이다.

모용기가 깊은 한숨을 내쉬었다.

"하아…… 죽겠네, 진짜."


다행스럽게도 고민우가 오래된 사당을 찾아내며 일행은 휴식을 취할 수 있었다.

방치된 지 제법 세월이 흘렀는지 군데군데 부서진 데다가 정리가 안 된 내부가 엉망이었지만 그마저도 감지덕지였다.

찬바람을 조금이라도 가려 준다는 것은 생각보다 많은 도움이 되기 때문이다.

부서진 곳에서 찬바람이 흘러들었지만 불을 피우자 사당 내부는 제법 훈훈한 기운이 감돌았다.

게다가 정주형이 사당을 찾다가 잡아 온 꿩으로 죽을 만들어 먹고 나자 창백했던 모용기의 얼굴에 발그레한 온기가 내려앉기 시작했다.

그제야 담설이 안심한 얼굴을 했다.

그러나 담설은 한소리 하는 것을 잊지 않았다.

"주변 사람들 챙기는 것도 좋지만 지금은 오라버니부터 생각하세요. 지금은 오라버니 몸 상태가 먼저라고요."

담설의 잔소리가 시작되자 모용기가 듣기 싫다는 얼굴을 했다.

"그놈의 잔소리 좀…… 넌 어떻게 예전이나 지금이나 변하는 게 없어?"

"변하는 게 없는 건 오라버니고요. 그렇게 조심 좀 하라고 해도 왜 말을 안 들어요? 몸 좀 함부로 굴리지 말라니까."

"함부로 안 굴렸거든? 생각이 있으니까……."

"그런 사람이 한기가 들어서 쉴 새 없이 입을 딱딱거려요? 그러다가 나중에……."

"됐다, 됐어. 내가 말로 널 어떻게 이기겠어? 알았으니까 좀 그만해."

모용기가 고개를 저으며 말을 끊어 버리자 담설이 섭섭하다는 얼굴을 했다.

그 모습을 옆에서 물끄러미 지켜보던 제갈연이 참지 못하고 끼어들었다.

"담 소저 말이 맞아요. 공자는 좀 더 조심할 필요가 있는 것 같아요."

"아니, 그러니까 내가 뭘?"

아무리 제갈연이라도 듣기 싫은 것은 듣기 싫은 것이다.

여자의 잔소리가 싫은 것은 나이가 적으나 많으나 마찬가지이기 때문이다.

모용기가 짜증이 잔뜩 난 얼굴로 자리에서 일어섰다.

그리고는 한쪽 벽에 등을 기대고 있는 당소문에게 다가가 그 옆에 엉덩이를 걸쳤다.

당소문이 모용기를 힐끔 쳐다보며 말했다.

"연아와 담 소저 말이……."

"알았어! 알았으니까 좀 그만하라고!"

모용기의 반응에 당소문이 가만히 입을 다물었다.

그리고는 그를 물끄러미 쳐다보다가 무슨 생각이 들었는지 다시 말을 꺼내기 시작했다.

"예전에 백 년 하수오가 세 뿌리 있다고 들었었다."

"응? 그걸 네가 어떻게 알아?"

"명진에게 들은 적이 있다."

명진과 철무한에게 과거를 얘기하다가 말했던 것이 당소문에게까지 흘러들어 간 것이다.

모용기가 얼굴을 찌푸렸다.

"명진 그 자식은 평상시엔 말도 없으면서 이런 건 잘도 떠벌리고 다니네."

"그게 중요한 게 아니다. 그중 두 뿌리는 사용했고 하나는 남은 걸로 들었는데, 아직 가지고 있나?"

당소문이 말하고자 하는 것을 어렵지 않게 알아들은 모용기였다.

모용기가 고개를 저었다.

"그건 안 돼."

거절의 말부터 하는 모용기를 쳐다보는 당소문의 얼굴에 의문이 어렸다.

"왜 그렇지?"

"진짜 죽을 수도 있으니까."

"예전에 경험한 적이 있지 않나?"

"그러니까 문제라고. 알고 하는 거랑 모르고 하는 거랑은 다르니까. 모르면 무식하게 도전해 보겠는데, 아니까 도저히 못 하겠더라고. 아차 하는 순간 골로 가는데 그걸 어떻게 하냐?"

흔히 말하기를 처음이 어렵고 그 다음은 쉽다고들 한다.

그러나 이 경우는 조금 달랐다.

처음도 어려웠지만 그다음은 더 어려웠다.

그때의 고통을 생생히 기억하기 때문이다.

자신이 기억하고 있는 고통을 떠올리다 보면 잡념이 깃들어 그때처럼 살고자 필사적으로 매달리기가 어려웠다.

독공을 익혔던 경험으로 모용기의 말을 어렴풋이나마 이해할 수 있었던 당소문이 고개를 끄덕거렸다.

독공을 익히는 과정 역시 모용기가 영약을 흡수했던 과정 못지않게 고통스러웠던 탓이다.

그러나 당소문이 말하고자 하는 바는 조금 달랐다.

"내 말은 그게 아니다. 예전처럼 그렇게 하라는 것이 아니라 신의께 부탁해 보라는 것이다."

모용기가 그제야 당소문을 쳐다봤다.

"할아버지께?"

"그렇다. 신의라면 어렵지 않게 백 년 하수오를 다스릴 수 있을 테니까."

"오호!"

당소문의 말에 모용기가 짝하고 손뼉을 쳤다.

생각지도 못했던 것이기 때문이다.

"그러면 되겠네. 할아버지라면 예전처럼 그런 고통을 겪지 않고도 백 년 하수오를 흡수할 수 있게 도와줄 테고……"

혼잣말을 하던 모용기가 슬며시 말끝을 흐렸다.

문득 무언가가 떠올랐기 때문이다.

당소문이 고개를 갸웃거렸다.

"왜 그러나?"

"아, 그게…… 기왕 하는 거 백 년 하수오 하나로는 아쉬워서 말이지. 어디 흘린 영약 없나 고민 좀 하느라……."

모용기의 욕심에 당소문이 픽 웃음을 흘렸다.

그러나 이 부분은 자신이 도움이 될 수 없었다.

가만히 입을 다무는 당소문의 시선을 뒤로하고 모용기가 다른 친구들을 돌아봤다.

그러나 모용기의 시선이 닿을 때마다 하나씩 고개를 돌리는 모습이었다.

두 사람의 대화를 똑똑히 들었기 때문이다.

모용기가 얼굴을 찡그렸다,

"치사한 자식들. 내가 자기들한테 해 준 게 얼만데……."

섭섭함이 고스란히 묻어나는 말투였다.

그러나 그들로서도 어쩔 수 없는 일이다.

그런 것은 자신들이 함부로 정할 수 없는 것이었기 때문이다.

예외가 있다면 철소화였다.

철소화가 모용기를 쳐다보며 말했다.

"오빠, 내가 우리 아빠한테 말해 볼까?"

패천성주라면 가지고 있는 영약도 제법 많을 것이다.

또한 영약의 질 역시 보장이 된다.

백 년 하수오 정도가 아니라 그보다 한참 더 상급의 영약들일 것이다.

그러나 모용기는 고개를 저어야만 했다.

"됐어. 너네 아버지한테는 부탁 안 해."

"왜?"

"너네 아버지한테 그런 걸 받으면 뭘로 갚으라고? 난 자신 없으니까 관둬."

철자강은 맺고 끊음이 분명한 사람이다.

그에게 무언가를 받으면 무언가를 돌려줘야 하는데 돌려줄 것이 마땅치 않았다.

철소화에게서 시선을 돌린 모용기는 품 안의 백 년 하수오를 만지작거렸다.

몇 번이나 쓰려고 했지만 기회가 없었던 탓에 아직 보유하고 있던 것이 결국에는 득이 되었다.

모용기가 모처럼 편안한 미소를 보일 수 있었다.

'다행이다.'


따뜻한 잠자리와 백 년 하수오 덕에 여유가 생긴 모용기는 모처럼 잠이 깊게 들었다.

그러나 그것이 그리 오래가지는 못했다.

누군가의 손길이 자신의 몸에 닿는 느낌에 벌떡 상체를 일으키는 모용기였다.

"뭐, 뭐야?"

예전같이 다가오기도 전에 반응을 보이는 것은 아니었지만 손길이 닿자마자 바로 반응을 보이는 것은 제갈연의 감탄을 자아내기에 충분했다.

"헤에⋯⋯."

슬며시 입술을 벌리던 제갈연은 이내 고개를 저으며 딱딱하게 굳은 얼굴로 목소리를 냈다.

"저예요."

"나도 알아. 불 밝혀 놔서 얼굴 다 보이는데⋯⋯ 근데 무슨 일이야?"

모용기가 휘휘 고개를 돌렸다.

그러나 사방이 벽으로 가로막혀 보이는 것도 없었고 미약해진 기감 역시 도움이 되지 못했다.

오로지 도움이 되는 것은 제갈연의 목소리뿐이었다.

제갈연이 심각한 목소리로 모용기의 물음에 대꾸했다.

"아무래도 누군가 있는 것 같아요."

"뭐?"

눈을 동그랗게 뜨던 모용기는 그제야 긴장한 기색을 내비치며 각자의 무기를 들고 있는 친구들을 확인할 수 있었다.

모용기 자신과 석대림 정도를 제외한 나머지들은 어느새 적의 존재를 눈치 채고 반응하고 있었던 것이다.

모용기가 다시 제갈연을 쳐다봤다.

"얼마나 돼?"

"그건……."

제갈연이 난감하다는 얼굴로 말꼬리를 흐렸다.

제갈연의 곤란함을 풀어 준 것은 임무일이었다.

"제법 거리가 있어서 자세한 것은 모르겠지만, 적어도 두 자릿수는 넘을 것 같다."

"두 자릿수?"

모용기가 임무일의 말을 되뇌며 얼굴을 찌푸렸다.

생각보다 수가 많았기 때문이다.

생각에 잠긴 모용기를 물끄러미 쳐다보던 철소화가 소무결에게로 시선을 돌렸다.

"오빠, 개방은? 거지들이 따르고 있다고 하지 않았어?"

"그렇긴 한데…… 이거 아무래도 일을 당한 것 같은데……."

소무결이 얼굴을 찡그리며 철소화의 질문에 대꾸했다.

철소화가 당황한 얼굴을 했다.

"거지들이? 제법 수가 많은 걸로 아는데 다 당했다고?"

"그건 나도 모르지. 확실한 건 일이 생겼다는 건데……."

소무결이 슬며시 말끝을 흐리더니 모용기를 쳐다봤다.

소무결만이 아니다.

다른 이들의 시선 역시 모용기에게 집중되었다.

그들의 시선을 느낀 모용기가 생각에서 깨어나며 친구들을 둘러봤다.

어느새 차가운 얼굴을 한 모용기가 이를 빠드득 갈며 말했다.

"어떤 새끼들이 겁대가리 없이…… 다 죽었어."

모용기는 불부터 껐다.

철소화가 의아하다는 눈으로 모용기를 쳐다봤다.

"이제 와서 불은 꺼서 뭐 하게? 이미 볼 거 다 봤을 텐데……."

"시작부터 지고 들어갈 수는 없으니까. 원래 밝은 데서 어두운 곳을 보는 것보다 어두운 곳에서 밝은 곳을 볼 때가 더 잘 보이는 법이거든. 그리고 밝은 곳에서만 싸운다는 보장도 없으니까 미리 어둠에 적응도 할 겸."

모용기의 말에 철소화가 입을 헤벌렸다.

"그런 걸 어떻게 그렇게 잘 알아? 어쩜 오빠는 모르는 게 없어?"

"들러붙지 말고."

"씨이. 남들은 다 나한테 들러붙고 싶어 하는데……."

"그럼 걔들이 들러붙게 해 주든가."

섭섭하다는 얼굴을 하는 철소화를 향해 픽 웃음을 보인

모용기가 친구들을 돌아봤다.

"뭐 해? 자리 안 잡고. 그런 것도 일일이 말해 줘야 해?"

모용기의 말에 소무결이 움찔 몸을 떨더니 얼른 고개를 저었다.

그리고는 임무일을 툭 치며 말했다.

"나가자."

일행 중에 무공이 가장 강한 둘이었다.

자연스레 앞장서서 적을 맞이하려 하는데 운현이 얼굴을 찌푸리며 끼어들었다.

"너네 둘만? 나는?"

"너도 가게? 영영이는 어쩌고?"

"어?"

소무결의 말에 운현이 당황한 얼굴로 천영영을 쳐다봤다.

천영영이 고개를 저었다.

"가 봐. 나도 내 몸 정도는 지킬 수 있으니까."

"그, 그럴까?"

운현의 말에 천영영이 다시 한 번 고개를 끄덕이려는 순간 모용기가 반대의 말을 했다.

"넌 가지 마."

운현이 얼굴을 찌푸리며 모용기를 쳐다봤다.

"왜?"

"몰라서 물어? 성질머리만 더러워 가지고 앞뒤 안 가리고 무턱대고 뛰어드니까 그런 거지. 누굴 고생시키려고?"

"그거야……."

"됐어. 뒤에 빠져서 상황 보다가 지원이나 해. 그건 다른 녀석들보다 네가 가장 잘할 수 있을 테니까. 네가 가장 빠르잖아."

"결국 뒤에서 구경만 하라는 거냐?"

"그것도 나쁘진 않지. 차라리 그랬으면 좋겠다만……."

그러나 일이 그렇게 쉽게 풀리지는 않을 것이다.

호북에서 강서로 넘어가는 경계.

그곳에서 자신들을 기다렸다는 것은 적이 이미 만반의 준비를 마쳤다는 것이다.

모용기의 얼굴이 조금은 어두워지려 할 때, 고민우가 대신 나서서 목소리를 냈다.

"개방의 제자들이 우리 뒤를 따르고 있던 걸로 아는데 그들의 반응이 없었다. 이게 무슨 뜻이겠어?"

결론을 내지 않은 말이었지만 그 뜻을 알아듣지 못할 이는 없었다.

일행의 분위기가 한결 더 딱딱하게 굳어졌다.

그러나 소무결은 정반대였다.

"이 빌어먹을 자식들이 감히 개방의 제자를 건드렸다 이거지?"

소무결이 이를 빠드득 갈았다.

모용기가 소무결을 툭 치며 말했다.

"흥분하지 말고. 그러라고 너 앞세우는 거 아니니까."

"하지만 저 새끼들이……."

"복수도 살아 있어야 하는 거야. 일단 빠져나간 다음에 생각하자."

모용기가 스스로 생각하기에도 쉽지 않은 일이었다. 그러나 지금은 그것이 최선이다.

모용기와 소무결을 물끄러미 쳐다보고 있던 임무일이 고개를 저었다.

"아무래도 안 되겠다. 무결이 너도 빠져라. 강이와 같이 가겠다."

제 딴에는 소무결을 생각한다고 하는 말이다.

그러나 소무결 역시 고개를 저었다.

"됐어. 그 정도로 생각이 없지는 않으니까."

"하지만……."

"괜찮다니까. 그리고 강이는 느려서 안 돼. 괜히 앞에 내 놨다가 위급한 상황이 오면 강이 때문에 전부 다 묶일 수도 있다고."

일행 중에 가장 경공이 떨어지는 혁련강이다.

소무결이 그 점을 짚은 것이다.

"넌 소문이와 주형이 지켜. 쟤들이 핵심이니까."

소수로 다수를 상대하는 것에 있어서는 독과 암기가 최고였다.

그 점을 잘 알고 있던 혁련강이 팔짱을 풀며 고개를 끄덕였다.

"그러지."

혁련강이 순순히 대꾸하자 소무결이 남은 이들을 돌아봤다.

"영영이와 은희는 혹시 모르니까 후방을 맡아. 소화는 희진이가 딱 붙어 있을 테고. 그리고 담 소저는……."

"내가 지킬게."

제갈연이 앞으로 나서자 소무결이 고개를 끄덕였다.

그 때 모용기가 상념에서 깨어나며 고개를 갸웃거렸다.

"설아를 지킨다고?"

"왜…… 뭐가 잘못됐어요?"

제갈연이 자신을 돌아보자, 모용기가 픽 웃음을 흘리더니 고개를 저었다.

"아냐, 아무것도. 그보다 민우는? 쟤는 왜 아무것도 안 시켜?"

유일하게 아무런 일도 맡지 않은 고민우였다.

그러나 고민우는 당연하다는 듯이 모용기를 쳐다보며 말했다.

"난 네 곁에 있겠다."

"내 곁에?"

잠깐 고개를 갸웃거리던 모용기는 이내 그 의도를 알아채고는 얼굴을 찌푸렸다.

"지금 누가 누굴……."

모용기가 불만이 가득한 목소리를 내려는 순간, 임무일이 친구들을 돌아보며 그의 말을 끊었다.

"어서 움직이자. 저들도 움직이기 시작한 것 같으니까."

임무일의 말이 끝나기 무섭게 다들 고개를 끄덕이더니 각자의 자리를 찾아갔다.

못마땅하다는 얼굴로 그들의 뒷모습을 쳐다보는 모용기. 이내 자신을 물끄러미 쳐다보고 있는 고민우의 얼굴을 마지막으로 확인하고는 한숨을 푹 내쉬었다.

"한심하다, 진짜……."

〈12권에 계속〉